"어반스케치는 현장에서 그린다.
사진을 보고 그리거나 상상해서 그리는 건
어반스케치가 아니다."

PLACE /

포포인츠 호텔 명동

한국은행 앞 분수대

경복궁 근정전

롯데백화점 영플라자 명동점

마곡동 서울식물원

서울시립미술관 서소문 본관

안국동 서울공예박물관

창신동 카페 낙타

이화여자대학교

성북구 삼선동 골목

이태원 스토리지

북촌 맹사성 집터

국립중앙박물관

사진을 보고 그리는 것은
어반스케치가 아닙니다

어반스케쳐스 설립자 가브리엘 이야기

가브리엘 캄파나리오(Gabriel Campanario)는 스페인 바르셀로나에서 태어났다. 대학에 가기 위해 팜플로나로 이사한 후 리노, 팜스프링, 워싱턴 DC 등지에서 살았다. 그는 2006년 시애틀에 이주한 후 새로운 동네에 적응하기 위해 작은 스케치북에 그림을 그리기 시작했다.

그는 버스를 타는 사람들, 커피를 마시는 사람들과 거리의 모습을 그렸다. 그는 그림을 그리면서 지역 사회와 강한 연대감을 느꼈으며, 자신의 그림 실력이 향상되는 것이 기뻤다.

그는 자신의 긍정적 경험을 공유하기 위해 2007년부터 플리커에 그림을 공유하기 시작했으며, 다음해에는 그동안 모여든 스케쳐들과 함께 어반스케쳐스 블로그를 만들었다. 시작은 이렇게 단순했다. 그는 대단한 사람이 아니며 평범한 저널리스트이자, 손바닥만 한 노트에 동네 그림을 끄적거리던 사람일 뿐이었다.

그런데 놀라운 일이 벌어졌다. 전 세계의 각 도시에서 어반스케치 그룹이 생겨나기 시작했다. 어반스케치는 도시별로 조직되는데, 각 도시별 조직을 '챕터'라고 부른다. 전 세계적으로 공식 챕터만 300개가 넘고 비공식 챕터는 그보다 훨씬 더 많다. 물론 이런 조직과 무관한 자발적인 어반스케치들 모임까지 생각하면 그 숫자는 셀 수도 없이 많을 것이다. 지금도 각 도시에서 어반스케치 모임이 가히 놀라운 속도로 생겨나고 있다.

어떻게 이런 일이 벌어질 수 있었을까. 어반스케치 그룹은 창립 당시 8개 조의 선언문(Menifesto)을 발표했는데, 참으로 간명하고 훌륭한 문장이며 어반스케치의 모든 것을 말하고 있다. 8개의 조문 중 가장 가장 중요한 것은 제1조인데, 내용은 다음과 같다.

> 제1조. 우리는 실내 혹은 실외에서, 직접적 관찰을 통해 본 것을 현장에서 그린다. (We draw on location, indoors or out, capturing what we see from direct observation.)

사진의 발명은 회화에 큰 영향을 미쳤다. 그림이 대상을 있는 그대로 모사할 필요가 없게 된 것이다. 그런데 반대로 사진으로 인해 그림이 대상을 아주 정확하게 모사할 수 있게 되었다. 디지털카메라가 개발되고 그것이 핸드폰으로 들어갔다. 이제 그림이란 사진을 먼저 찍고 그 사진을 그리는 것으로 바뀌었다.

그림은 원래 그런 것이 아니다. 그림을 그리는 과정을 보자. 입체적인 대상이 눈을 통해 뇌 속에 전달된다. 인간의 두뇌는 그것을 평면으로 바꾼다. 그것을 신경 계통을 통해 손으로 전달하고 손에서 평면화된 그림을 그린다. 그런데 사진을 보며 그림을 그리게 되면서 입체를 평면으로 바꾸는 두뇌 속 작용이 거의 퇴화할 지경에 이르게 되었다. 호모사피엔스가 알타미라 동굴벽화를 그린 이래로 사진을 보고 그림을 그린 기간은 얼마나 짧은가.

창중정원의 모습

물론 사진을 보고 그림을 그리지 말라는 것은 아니다. 무엇을 보고 그리든 그건 그리는 사람의 자유다. 단, '어반스케치'라는 말을 만든 사람들은 사진을 보고 그리는 것은 '어반스케치'라고 부르지 말아 달라고 한다.

窓中庭園

2019. 12. 15

현장에서 그려야 어반스케치다. 실내의 샹들리에 불빛과 양털 가죽의 따뜻한 느낌이 황량한 실외 풍경과 대비된다.

사물을 '직접' 보고 '현장'에서 그려야 한다는 가브리엘의 선언은 많은 사람의 가슴을 울렸다.

스케치가 다시 유행하기 시작했다. 2010년대 들어서 작은 스케치북, 펜, 붓을 지닌 사람들이 커피숍, 공원, 거리 혹은 공항에 앉아서 그림을 그리기 시작했다. 손 그림의 르네상스가 다시 시작된 것이다. 인터넷의 소셜 네트워크는 어반스케치 확산을 가속화시켰다. 누구나 손쉽게 그림을 그리고 전 세계의 관객을 대상으로 전시를 할 수 있게 된 것이다.

그는 지금도 자신의 인스타그램에 어반스케치 그림을 꾸준히 올리고 있다. © Gabicampanario 제공

이 글을 쓰면서 가브리엘에게 메시지를 보냈다. 그의 인스타그램 사진 중 하나를 기사에 사용하고 싶다고 했다. 몇 시간 만에 흔쾌히 동의한다고 답이 왔다. 그의 인스타그램 팔로워는 그의 대단한 명성에 비해 소박한 1만 6천 명 정도다.

그는 지금도 여전히 거리에서, 카페에서 조그만 스케치북에다 그림을 그린다. 그리고 어반스케치를 소개하고 전파하는 일이라면 어디든 발벗고 나선다.

(2022. 1. 19.)

서울공예박물관 장인의 도구 전시

전시 기획도 좋고 내용도 흥미롭다. 전시를 들여다보는 여성을 그렸다.

획해 안내 데스크, 샹들리에, 의자, 건물 외장등을 공예품으로 만들어 설치했다. 서울공예박물관은 2021년 7월에 개관했다. 안국역 1번 출구에서 나오면 바로 박물관을 볼 수 있다. 담장을 허물고 마당을 빈 공간으로 두어 윤보선로와 율곡3로가 이어진다. 꽉 막혀 있어 답답하던 무언가가 확 뚫어진 듯 시원하다.

박물관 입구의 안내동으로 입장하면 박물관 가게와 카페가 있다. 입장료는 무료다. 사람이 몰리는 주말에는 예약해야 하지만 평일에는 대체로 그냥 가도 된다. 전시 1동에 가면 박물관을 지으면서 설치한 공에 작가들의 도구가 전시되어 있다. 안내동의 샹들리에를 만든 김현철 작가의 방화 마스크와 유리를 잡는 집게를 볼 수 있다. 안내 데스크를 도자로 만든 이헌정 작가의 도구와 안내 데스크 미니어처도 있다. 전시의 아이디어도 참신하고 내용도 좋다. 오늘은 여기를 그려야겠다.

　2층 전시실로 가면 시대별, 품목별로 전시가 이어진다. 훌륭한 기획과 전시다. 그런데 관람의 집중도를 높이기 위해서 조명을 매우 어둡게 해 놨는데, 지나치게 어둡다. 조금만 밝았으면 좋을 듯하다. 학교를 리모델링해서인지 박물관

서울공예박물관 공예마당. 岳

전시 3동에서 바라본 공예 마당. 오른편으로 보이는 나무 너머 송현 숲이 이건희 미술관이 들어설 부지다.

규모에 비해 전시실이 좀 좁고 통로도 다소 좁다. 개관 전시는 매우 훌륭하지만 앞으로 전시를 어떻게 이어갈지가 궁금하다. 전시 3동으로 가면 자수와 보자기를 전시한다. 전시 3동 1층 로비에서 창밖을 보며 공예마당과 그 너머 건물들을 그렸다.

　　멀리 보이는 나무들 너머가 이건희 미술관이 들어설 송현동 부지다. 위치로 보나 컬렉션의 질로 보나 세계적인 미술관이 될 듯하다. 서울 공예 미술관은 경복궁과 국립현대미술관, 이건희 미술관과 함께 서울 도심의 문화 벨트의 한 축을 담당하게 되니, 이 자리가 과연 명당은 명당이다. (2022. 1. 28.)

낙타카페에서 바라본 동망봉. 자세히 보면 동망봉 왼편에 청룡사가 보인다.

어 세피아 잉크를 썼다. 그리고 오렌지색 펜을 사용했다. 섬은 수채로 채색했다. 다 그리고 보니 내가 좋아하는 뉴욕의 어반스케쳐 베로니카 라울러(Veronica Lawlor)의 그림과 비슷해졌다. 그녀의 그림을 좋아해서 많이 따라 그리기도 했었다.

단종과 정순왕후의 슬픈 이야기

내가 그린 섬은 숭인 근린공원으로 단종과 관련된 슬픈 이야기가 있었다. 숭인 근린공원 왼편에 고려 태조 때 도선국사의 유언에 의해 창건된 청룡사가 있다. 낙산이 한양의 좌청룡에 해당하는 산이어서 이 절의 이름이 청룡사가 되었다고 한다.

이 절은 창건 이래로 줄곧 비구니들의 공간이었다. 공민왕비인 혜비가 망국의 슬픔을 안고 스님이 되어 이 절에 있었다거나, 2차 왕자의 난 뒤에는 세자 이방석의 누나인 경순공주가 있었다고 전해진다.

세조 때에는 단종이 노산군으로 강등되어 영월로 유배를 떠난 후, 정순왕후 송씨가 이곳에 머물렀다고 한다. 그녀는 날마다 근처 산봉우리에 올라 영월 쪽을 바라보며 울었다고 한다. 그래서 나중에 그녀가 올랐던 봉우리를, 동쪽을 바라본다고 뜻으로 '동망봉(東望峰)'이라 이름 지었는데, 내가 그린 도시의 섬이 바로 동망봉이다.

단종은 단종대로 유배지인 청룡포에서 구부러진 소나무에 올라앉아 이쪽을 보고 매일 울었다고 한다. 그가 세조에게 죽임을 당할 때가 17살이었으니 지금으로 보면 겨우 중학생 나이. 그에 반해 18세에 단종과 헤어진 정순왕후는 82세까지 살다 돌아가셨으니 과연 누구의 한이 더 깊었을까. 아무튼 단종에 관한 이야기는 어디를 들춰봐도 눈물바다다.

흥미로운 스케치를 마치고 동대문역으로 내려가는데, 내려가는 길도 장난이 아니다! (2022. 2. 3.)

어반스케치는
우리 주변에 대한 기록이다

누구나 자기만의 역사가 있다

앞서 어반스케처스의 선언문 8개 조문 중 첫 번째를 소개했다. '우리는 실내 혹은 실외에서, 직접적 관찰을 통해 본 것을 현장에서 그린다'는 것이다. 그 뒤로이어지는 조문은 다음과 같다.

> 제2조. 우리의 드로잉은 우리의 주변, 즉 우리가 사는 장소와 우리가 여행하는 곳에 대한 이야기다. (Our drawings tell the story of our surroundings, the places we live, and where we travel.)

> 제3조. 우리의 드로잉은 시간과 장소의 기록이다. (Our drawings are a record of time and place.)

> 제4조. 우리가 본 장면을 사실적으로 그린다. (We are truthful to the scenes we witness.)

요즘 어반스케처스에 관한 기사를 쓰다 보니까, 아무래도 이야깃거리가 있는 이름난 곳이나 특색 있는 곳을 그리게 된다. 하지만 원래 어반스케치는 꼭 그런 곳만 그리는 것이 아니고, 그냥 자신의 주변을 그리면 된다. 집에서 창밖을 보면서, 카페나 직장에서, 어떤 곳에서 그려도 무방하다.

성북구 삼선동의 골목. 나에게는 특별한 의미가 있는 곳이다.

누구나 자기만의 역사가 있다. 남에게 평범해 보이는 장소가 자신에게는 가장 중요하고 소중한 이야기가 될 수 있다. 어반스케치는 그런 이야기를 풀어 놓는 것이다.

원래 서양의 그림은 인물화가 중심이다. 성경과 신화에 나오는 인물을 그린다. 유명한 〈만종〉을 그린 밀레는 현실에 있는 소박한 사람들을 그렸다는 이유만으로 엄청난 비난을 받았다. 동양화는 산수화가 중심인데, 현실에 있는 산과 강을 그리는 것이 아니라 이상화된 관념을 그리는 것이다.

예전에는 그림이란 현실을 그리는 것이 아니었다. 지금도 그림이라고 하면 우리가 사는 현실과 멀리 떨어진 그 무엇을 그려야 한다는 생각이 강하다. 어반스케처스는 멀리 가 있는 우리의 시선을 주변으로 돌리라고 한다. 복잡한 상상력도 필요 없고, 어슴푸레한 기억을 되살리려고 머리를 싸맬 필요도 없다. 그냥 주변을 그리는 것으로 시작한다.

회화가 장편 극영화라면 어반스케치는 다큐멘터리다

사진과 결별한 회화는 작가의 상상력과 개성을 중요하게 생각하게 되었고, 현대미술은 그것이 극단으로 치달았다. 미술을 직업으로 가진 작가들은 시각 예술의 최첨단에 서 있는 전위부대다. 그들에게 평범함과 진부함은 독이다.

시각예술의 중위(中位) 부대쯤에 속하는 어반스케처들은 그들과 같이 생각할 수도 없고, 그들처럼 생각할 필요도 없다. 어반스케처들은 삶에 더 치중한다. 다큐멘터리 정신으로 기록하는 것에 가치를 둔다.

왼쪽 그림은 성북구 삼선동의 골목 풍경이다. 이곳은 평범해 보이지만 나에게는 특별한 의미가 있다. 초등학교 때부터 고등학교 때까지 이 골목에 살았다. 우리 집이 있던 자리에 지금은 연립주택이 들어서 있다. 흔적도 없이 사라진 동네도 많은데, 그래도 이 골목은 예전 집들이 좀 남아 있어서 다행이다. 이 골목에서 뛰놀던 때가 엊그저께 같다.

어느 날 지금은 작고하신 코미디언 구봉서 씨가 이 골목에 이사를 왔다. 우

오랜만에 어렸을 때 살았던 동네를 찾았다.

리 골목이 다른 골목에 비해서 가장 먼저 아스팔트 포장이 됐는데, 그것이 그의 덕이라는 말이 돌았다. 내가 초등학생 때 중학생 형들이 이 골목에 많이 살아서 재미있는 이야기도 많이 들었다. 경동고등학교, 삼선초등학교, 한성여고까지는 내가 노는 구역이었는데, 한성여고에서 조금 더 올라가면 돌산이 있었다. 그 돌산이 창신 숭인 채석장 전망대까지 이어진다는 사실을 이번에 알았다.

간이 의자에 앉아 스케치를 시작했다. 이 골목에서 이런 의자를 놓고 그림을 그리는 건 아마 내가 처음일 것이다. 지나다니는 사람들의 시선이 조금 부담스럽다. 내가 살던 집은 연립으로 바뀌었지만, 대문은 남아 있다. 전선 줄이 너무 많이 보인다. 새로 건축하는 아파트 단지나 주택 단지는 전선 줄이 지하로 들어가 있는데, 여기는 옛날 동네라 기존 전기선에다 인터넷 선, 통신 선 등등 각종 선이 증설되면서 그렇게 된 것 같다.

이제 낮에는 춥지 않다. 이렇게 봄이 오는가 보다. 골목 끝, 통창이 있는 작은 카페에 들어가서 커피를 마셨다. (2022. 2. 11.)

이태원 창고에서 벌어지는
세상 힙한 전시

현대카드 스토리지 〈TOILETPAPER : The Studio〉

혹시 스스로를 힙하다고 생각하는가? 〈토일렛페이퍼〉를 알고 있다면 아마 그게 맞을 것이다. 만약 이 글을 읽고 인터넷으로 〈토일렛페이퍼〉를 검색해 본다면 제일 먼저 나오는 것은 화장지 광고일 것이다.

여기서 말하는 〈토일렛페이퍼〉는 이탈리아 밀라노에 기반을 둔 일종의 잡지를 말한다. 2010년부터 1년에 2번씩 발행된 이 잡지에는 기사가 없다. 사진만 실린다. 잡지라기보다는 정기적 사진집이라고 할 수 있다. 그런데 이 사진집에 실리는 사진들이 너무나 매혹적이고, 발칙하고, 선정적이고, 논쟁적이어서 하나의 스타일이 되었다. 이 잡지는 이탈리아의 아티스트 마우리치오 카텔란(Maurizio Cattelan)과 포토그래퍼 피에르파올로 페라리(Pierpaolo Ferrari)가 만든다.

마우리치오 카텔란은 행위 예술가이자 조각가다. 1960년생으로 정식 미술 교육을 받지 않고 다양한 직업에 종사하다가 작가가 되었다. 그의 작품은 시각적으로도 흥미롭지만 정치적·사회적 풍자로도 유명하다. 게다가 작품들을 매우 선정적으로 표현해서 늘 논란을 몰고 다니기도 한다. 카텔란을 보면서 약간 부러운 점은 이탈리아 사회가 그런 논란을 수용해 준다는 사실이다.

피에르파올로 페라리는 상업 사진 작가다. 90년대 중반부터 나이키, 모토로라, BMW 등 대기업 광고 사진을 담당한 잘나가는 사진 작가로, 전적으로 자율성을 보장받아야 작업을 한다. 모든 상업 작가의 꿈을 이미 실현한 사람이다.

화장지같이 편한 잡지

두 사람이 힘을 합쳐 〈토일렛페이퍼〉라는 위악적(僞惡的) 타이틀을 가진 잡지를 만들었다. 이 잡지의 사진은 강렬한 원색을 사용하여 광고 사진 같기도 하고, 포르노 잡지 사진 같기도 하다. 터무니없는 이미지의 조합과 과장된 상황 설정이 보는 이에게 통쾌함을 선사한다. 이 잡지에서 카텔란은 정치적 풍자보다 성적 유희를 더 즐기는 듯하다.

〈토일렛페이퍼〉는 순수예술과 상업예술의 경계를 무너뜨린다. 그런데 아이러니하게도 자본주의를 조롱하는 사람, 자본으로부터 독립하려는 작가가 만든 이미지에 자본이 열광한다. 패션, 제품, 가구 등 수많은 브랜드가 협업을 요청했다.

이탈리아 가구업체 셀레티가 〈토일렛페이퍼〉 사진을 이용해서 소품과 가구를 만든다. 사실 나도 〈토일렛페이퍼〉 거울을 사면서 이 잡지를 알게 됐다. 우리나라에도 수입사가 있는데, 문제는 항상 있는 제품보다 없는 제품이 많다는 것. 〈토일렛페이퍼〉 제품을 소장하려면 입고에 맞춰서 서둘러야 한다. 올해 〈토일렛페이퍼〉 달력이 나왔는데, 미리부터 대기하다가 겨우 구입했다.

〈토일렛페이퍼〉는 다른 업체와 협업도 참 편하게 한다. 이 잡지사는 협력 업체를 위해 특별히 새로운 것을 만들거나 기존 사진을 변형하지 않는다. 협력 업체가 그냥 잡지의 사진을 그대로 갖다 쓰는 식이다.

작년 밀라노 디자인 위크 기간 동안 〈토일렛페이퍼〉의 본사 스튜디오가 대중에게 처음 공개되었는데, 마치 놀이공원에 줄을 서듯 긴 줄이 이어지는 진풍경이 펼쳐졌다. 현대카드사는 서울 이태원에서 운영 중인 전시 공간 '스토리지(창고 혹은 저장소라는 뜻)'에서 밀라노의 〈토일렛페이퍼〉 본사를 그대로 옮겨오는 콘셉트로 전시하기로 했다. 이름하여 〈TOILETPAPER : The Studio〉.

전시장에 들어가면 각종 뱀 사진이 있는 까만 방이 나온다. 〈토일렛페이퍼〉의 대표적 이미지다. 그 방을 지나가면 밀라노 사무실을 재현해 놓은 공간이 나온다. 과장되고 현란하다. 전시 티켓은 5천 원이고 예약하면 4천 원이다. 나는

〈토일렛페이퍼 : 더 스튜디오〉 전시. 밀라노 본사 사무실을 재현했다.

티켓값이 매우 싸다고 생각했는데, 전시를 보니 왜 티켓값이 싼지 이해가 갔다 (전시에 실망했다는 뜻은 아니다).

보통 이런 대규모 전시를 하면 작품 원본을 가져오는 데 엄청난 돈이 든다. 그런데 이 전시의 작품 원본은 잡지다. 사무실을 구성하는 의자며 책상이며 카펫 등은 모두 셀레티 제품으로 이미 만들어서 파는 제품이다. 일반인이 사기에는 다소 부담 가는 가격이지만, 유명한 원화를 조달해 오는 비용과는 비교가 안 된다. 심지어 벽을 가득 메운 액자나 출구 쪽에 있는 덩굴 식물이 있는 방도 실재를 재현해 놓은 것이 아니고 사진으로 찍어서 프린트해 놓은 것이다. 이것이 그들의 방식이다.

공간이 좁고 현장에서 그림 그리기 어려울 것 같다는 말을 들었지만, 화구를 다 챙겨왔다. 그래도 도저히 그림을 그릴 수 없다. 무엇보다 관람객이 너무 많고 다들 사진을 찍고 있어서 여기서 그리다가는 민폐가 되겠다.

이번에는 사진을 찍어서 집에서 그렸다. 〈토일렛페이퍼〉의 대표적 이미지인 'sHIT' 사진이 있는 방을 그렸다. 복사기와 세탁기는 밀라노 사무실을 재현해 놓

서 역사상 최고의 재상을 곁에 두셨는데, 황희 정승이 영의정과 좌의정을 지냈고, 맹사성이 우의정을 지냈다. 민간에는 황희 정승이 어진 관리의 대명사로 알려져 있지만, 사실은 황희 정승은 과감하고 결단력 있는 스타일이었고 맹사성이 부드럽고 온화한 성품이었다고 한다. 세종은 이 두 사람을 조화롭게 쓰셨다.

맹사성 대감은 생활도 소탈해서 평소에 소를 즐겨 타고 다니셨다. 지금으로 보면 국무총리가 소형차를 직접 몰고 다니는 셈이다. 그래서 모르는 사람이 동네 평범한 노인네로 보고 하대했다가 혼꾸멍이 났다는 일화가 많이 전해진다.

그의 호는 '고불(古佛)'인데, 그의 허리가 굽어 붙여진 '맹꼬불'이라는 별명을 한자로 음차한 것이라고 한다. 자기를 낮추어서라도 여러 사람에게 웃음을 주는 것을 좋아하셨던 것 같다. 그는 음악에 조예가 깊어 조선 초기 우리 음악의 기초를 닦는 데 큰 공헌을 했으며, 퉁소를 잘 불었다.

여기까지 보면 그의 스타일이 딱 나온다. 그는 시험만 보면 1등을 할 정도로 머리가 좋았다. 고위직에 있어도 아랫사람을 막 대하지 않았다. 소탈한 성품에 고급 차나 명품을 탐하지 않았고, 유머 감각이 뛰어났다. 음악을 좋아하고 악기를 잘 다루었다.

그런 맹사성 대감이 사시던 집터로 간다. 북촌 꼭대기인 만큼 계단이 가파르다. 집의 위치만 봐도 그의 성품을 알 수 있다. 매일 육조거리나 경복궁으로 출퇴근하셔야 했을텐데, 경복궁 근처 좋은 동네를 다 놔두고 어쩌다 여기다 집터를 잡으셨을까. 그렇게 생각하면서 숨을 몰아쉬며 동양 차 문화관에 들어섰다.

동양 차 문화관은 입장료 5,000원을 내면 차를 한 잔 준다. 이곳에서는 여기 사장님이 수집한 다양한 다구(茶具)와 목조각품을 전시하고 있다. 1층은 갤러리로 사용하여 지금은 민화 작품을 전시하고 있다. 차를 한 잔 받아 들고 2층에 있는 전망대에 올랐다. 경복궁과 인왕산이 한눈에 들어온다. 아쉬운 점이 있다면 앞에 집이 한 채 있는데, 그 집이 전망을 가로막고 있다는 것이다.

맹사성 집터에서 바라본 인왕산. 오른쪽 위의 바위가 치마바위다.

치마바위 전설

오늘 이곳을 스케치 장소로 택한 이유는 치마바위가 있는 풍경을 그리고 싶어서였다. 광인(狂人)이 왕이 되면 어떤 일이 벌어지는지를 보여주는 예가 연산군이었다. 연산군의 폭정을 막으려던 신하들이 반정을 일으켜 왕이 된 이가 중종이다.

하지만 그는 실권이 없는 왕이었다. 반정 주도 세력은 죄인의 딸은 왕비가 될 수 없다며 중종의 부인 단경왕후 신 씨를 왕비가 된 지 7일 만에 인왕산 아래 사직골 옛 거처로 쫓아낸다. 신 씨의 아버지가 반정을 반대해 죽임을 당했기 때문이다.

조선 왕조에서 가장 재미없는 왕이 중종이다. 그는 재위 38년 동안 특별한 업적이 없다. 그는 반정 후 숨죽여 지내다가 반정 주도 세력이 자연사하자, 조광조를 앞세워 개혁하는 듯했으나, 이번에는 조광조가 너무 급진적이라는 이유로 그를 죽여버렸다. 아무튼 그는 그런 왕이었다.

전설에 의하면 중종은 쫓겨난 신 씨를 잊을 수 없어 경회루에 올라 인왕산

동양차문화관 테라스에서 바라본 인왕산. 앞을 가리는 건물
이 옥에 티다.

기슭을 바라보곤 하였다고 한다. 신 씨가 이 말을 전해 듣고 종을 시켜 자기가 입던 붉은 치마를 경회루가 보이는 이 바위에 걸쳐 놓음으로써 자신의 간절한 뜻을 보였다고 한다. 이 일로 사람들은 이 바위를 '치마바위'라 불렀다.

그런데 직접 와서 보니 맨눈으로 보기에 경복궁과 치마바위는 너무 멀다. 산꼭대기에 치마를 걸치기도 힘들지만, 설사 거기에 치마를 걸쳐놓았다 하더라도 빨간 점 정도로 보일까 말까다.

우리나라에는 치마바위라고 불리는 바위가 꽤 많다. 바위가 주름져 보이거나 널찍한 바위를 주로 '치마바위'라고 불렀다. 내 생각에는 인왕산 바위도 주름진 모양 때문에 치마바위로 먼저 불렀다가 중종 이야기는 나중에 덧붙여졌을 듯하다.

테라스에서 스케치를 했는데, 앞에 있는 집이 아무래도 거슬러서 집은 빼고 그린다. 그리고 연속된 숲도 생략한다. 대신 산아래 빼곡히 들어찬 동네를 그렸다. 통창이 있는 실내에 들어와 채색을 했다.

도화지 많은 곳이 비어 있지만 나는 이대로가 좋다. 이 그림은 미완성인 듯한 이 상태가 완성이다. 주위를 둘러보니 많은 어반스케쳐들이 이곳에 올라와서 자기 그림에 몰두해 있다. (2022. 2. 22.)

손을 뻗으면 닿을 것 같은
반가사유상

국립중앙박물관 '사유의 방'

국립중앙박물관의 '사유의 방'이 그렇게 멋있다고 소문이 자자하다. 그래서 오늘
은 국립중앙박물관으로 향한다. 이촌역에서 내려 박물관으로 가는 길은 편리
하고 편안하다. 지하에서 올라와서 걸어가면 국립중앙박물관의 모습이 서서히
드러난다. 입장료는 무료다.

우리나라에서 제일 유명한 부처님을 한 분도 아니고 두 분을 한 번에 볼 수
있다니 좀 설레긴 한다. 박물관에 들어서서 에스컬레이터를 타고 2층으로 올라
가면 바로 '사유의 방'이 나온다. 통로를 거쳐 사유의 방에 들어선다.

생각하는 부처님이 감동적인 이유

방에 들어가면 마치 연극배우가 무대에 있듯이 두 분 부처님이 사유에 잠겨 있
다. 빛과 소리가 모두 이 무대에 집중되어 있다. 국보 78호와 83인 두 반가사유
상은 제작 연도도 50여 년 차이고 형태도
비슷해서 원래 교차 전시를 한다. 그런데
이번 특별전에서는 두 분 부처님을 동시
에 전시하고, 게다가 유리관도 없이 직접
볼 수 있다. 물론 만지면 안 되지만, 손을
뻗으면 닿을 것 같다.

사유의 방 입구

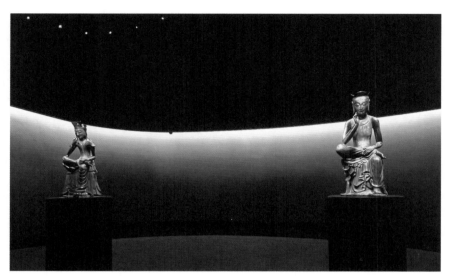

두 분 부처님이 무대에 있는 듯하다.

중앙박물관에 수없이 많은 유물이 있지만, 반가사유상이 가장 인기 있는 작품에 속한다. 루브르박물관에도 셀 수 없이 많은 유물이 있지만, 사람들은 그 박물관을 〈모나리자〉로 기억한다. 이번 전시는 한시적인 특별전이지만, 상설 전시로 상당 기간 이렇게 전시해도 좋겠다는 생각이 든다.

보통 불상은 결가부좌 상태로 '명상'을 하고 있다. 해탈한 부처상이다. 그런데 반가사유상은 반만 가부좌를 한 상태로 '명상'이 아니라 '사유'를 하고 있다. 어찌보면 해탈한 부처가 아니라 부처가 되는 과정에 있다.

　　예술에서 완전 균형 상태는 재미가 없다. 경계에 서 있어야 갈등이 생기고, 거기서 예술이 탄생한다. 반가사유상이 매력적이고 감동을 주는 이유는 그런 점 때문이 아닐까. 두 분 부처님을 가만히 바라보면서 생각해 본다. 1,400여 년 전, 이 불상을 거푸집에서 빼낼 때 이 작품을 만든 사람들은 무슨 생각을 했을까.

박물관 내 다른 전시관에서는 서서라도 스케치를 하겠는데, 여기는 너무 어둡고 사람이 많다. 사진을 찍어서 돌아왔다. 집에서 찍어온 사진을 보면서 그림을 그려야 할지, 아니면 사람 없을 때 한 번 더 가서 그려야 할지를 고민하고 있었는데, 어느새 손에 펜이 들려있다.

반가사유상의 뒷모습

수채로는 '사유의 방' 분위기를 그려내기가 어려울 것 같아서 다른 재료(media)를 사용해 보기로 했다. 사쿠라에서 나온 메탈릭 페인트 '마카 펜터치' 골드를 사용해 보기로 했다. 이 펜에는 불투명 안료가 들어 있고, 칠하면 금색으로 반짝거린다. 금동 불상을 그리기는 최적이다. 연필로 스케치하고 금색 펜으로 채색했다.

그런데 문제는 이 잉크 위에 다른 미술 재료가 올라가질 않는다. 수채 물감, 마카, 색연필 모두 이 잉크 위에서는 둥둥 떠 있어서 손으로 문지르면 바로 지워진다. 또 다른 색의 페인트 마카로 칠하면 되겠지만 불상의 은은한 분위기를 낼수 없다. 그런데 연필이 이 물감 위에 잘 발라지는 것이 아닌가! 그래서 연필로 불상을 마무리하고 불상 주변도 간단하게 연필로 마무리했다.

어반스케쳐스 선언문 5번째는 다음과 같다.

제5조. 우리는 어떤 재료라도 사용하며 각자의 스타일을 소중히 여긴다.
(We use any kind of media and cherish our individual styles.)

수채화는 색 표현이 자유롭고, 수채 물감은 휴대하기도 편해서 어반스케쳐들은 수채 물감을 가장 즐겨 사용한다. 하지만 다른 매체를 사용하는 스케쳐도 많다. 각자 자신의 스타일과 개성대로 그리는 것이다.

어반스케치 모임에 가면 펜만 가지고 스케치하는 사람들이 제일 부럽다. 펜 하나에 스케치북 하나면 언제 어디서나 그림을 그릴 수 있다. 표현의 질이나 깊이에도 문제가 없다. 색연필이나 마카를 사용하는 경우도 있다. 색연필은 특유의 따뜻한 질감이 있다. 마카나 사인펜 등 수성 펜을 사용해서 스케치하는 경우도 있다. 아니면 이 모든 재료를 같이 써도 된다.

같은 재료를 써도 그림 그리는 사람에 따라서 여러 가지 스타일이 나오고, 재료에 따라 스타일이 달라지기도 한다. 그런 다양성이 어반스케치의 즐거움이고, 우리는 서로 다른 스타일을 존중하고 소중히 여긴다.

언제 날씨가 따뜻해지면 국립중앙박물관에 한 번 더 가야겠다. 입구의 대나무 숲도 그릴만 하고 비석이 모여 있는 모습도 좋다. 호수와 정자도 있다. 건물 사이의 넓은 계단을 올라가면 보이는 남산의 뷰도 좋다. 그리고 그날은 작은 스케치북을 하나 가져가서 도자기 전시장에서 눈여겨봤던 철화 문양 백자를 그려야겠다. (2022. 2. 28.)

국립중앙박물관
사유의 방

국보 83호 반가사유상

PLACE /

동선동 권진규 아틀리에

파주시 법원읍 웅담리 상서대

독립문

창신동 이음피움 봉제 역사관

인왕산 수성동계곡

서울시립미술관 서소문 본관

인천 제물포 구락부와 인천시민愛집

잠실 롯데월드타워

삼청동 문화거리

고양 어울림누리

고양시 화전동 벽화마을

김포공항

성북동 길상사

고양시 행주산성

제주도 포도호텔

당연히 대부분의 사람은 컬러사진을 찍는다.

그러나 아직도 흑백사진을 고수하는 사람들이 있다. 프로필 사진이나 분위기 있는 사진을 위해 흑백사진을 찍는 사람도 많지만, 특히 사진작가 중에 흑백사진을 선호하는 경우가 많다. 왜 그럴까?

이유는 사람마다 다르겠지만, 일반적으로 흑백사진을 선호하는 가장 중요한 이유는 색이 형태를 인지하려는 우리의 감각을 현혹하기 때문. 흑백사진 작가들은 사물의 형태가 그 사물의 본질이라고 생각한다. 색은 변화하는 것이고 신뢰할 수 없는 것이며, 색이 없으면 우리는 형태에 더 집중할 수 있고 본질을 더 잘 볼 수 있다는 것이다. 특히 인물 사진을 찍는 작가 중에 흑백사진 작가들이 많다. 사람의 안색보다는 사람의 형태에 그 사람의 정신이 들어 있다고 보는 것이다.

흑백사진은 흑과 백만 사용하는 것이 아니고 중간 톤의 다양한 회색을 사용하므로 흑백사진보다는 하나의 색을 사용한다는 '모노크롬(monochrome)' 사진이 더 정확한 말이라고 할 수 있겠다. 검은색이 아니고 다른 색을 사용해도 한 가지 색을 사용한다면 모노크롬 사진이다.

펜으로, 단색으로만 그리는 어반스케처도 많은데, 이런 그림도 모노크롬 그림이라 할 수 있다. 단색으로 그리는 펜 그림 스케처들은 형태에 더 집중할 수 있어서 그런지 대부분 대상을 자세하게 묘사한다. 그 외에 펜 스케치는 또 하나의 큰 이점이 있는데, 언제 어디서나 그릴 수 있다는 것이다. 이는 어반스케치의 특성상 무엇과도 바꿀 수 없는 장점이다. 초보 어반스케처스에게도 펜 그림은 매우 좋다. 펜은 어느 정도 손에 익은 도구이고, 사전에 크게 교육을 받지 않아도 바로 어반스케치를 시작할 수 있기 때문이다.

펜 그림 어반스케처들 중 유난히 독학자가 많은 이유는 펜이 우리에게 친숙한 도구이기 때문이다. 나도 어반스케치를 펜으로 시작했다. 물론 펜으로 시작하는 것이 쉽다는 것이지, 펜 그림을 잘 그리기가 쉬운 건 아니다.

어반스케쳐인 내가 사용하는 펜들

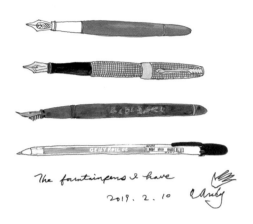

The fountainpens I have
2019. 2. 10

내가 좋아하는 펜들. 위로부터 몽블랑 루즈 앤 느와, 파카 75,
후데, 사쿠라 겔리롤 중성펜이다.

펜을 애정하며 이래저래 하나둘씩 모으게 되었다. 그래서 이런 상상을 해본다. 만약 내가 무인도에 혼자 살아야 한다면, 그런데 만약에 그곳에 펜을 하나만 가져가야 한다면, 과연 나는 어떤 펜을 가져갈 것인가?

첫 번째 후보는 몽블랑 '루즈 앤 느와(Rouge et Noir)' 만년필이다. 이 만년필은 몽블랑이 창립 110주년을 기념해 스탕달의 소설 〈적과 흑〉을 모티브로 만들었다. 이 만년필을 보자마자 너무 예뻐서 꼭 갖고 싶었는데, 어찌하여 선물로 받게 되었다. 뱀을 모티브로 한 섬세한 디자인과 산호색 붉은 바디가 너무나 멋지다. 필기감은 몽블랑답게 좔좔 잘도 나온다. 그런데 백만 원 가까운 고가 만년필을 거친 표면을 가진 수채화 종이에 쓰기에는 너무 아깝다. 민감한 펜촉이 상할 것 같다. 아무래도 몽블랑은 고이 모셔두고 필기할 때 쓰는 것이 좋을 것 같다.

두 번째 만년필은 '파카 75'. 파카사가 창립 75주년을 맞이하여 1963년에 출시한 명품 중의 명품이다. 출시 당시 고급 만년필의 기준을 새롭게 제시했고 수많은 일화를 남긴 펜이다. 선친께서 월남전에 참전하셨는데, 미군 PX에서 사 가지고 오셨다. 이 만년필이 베트남 평화조약에도 사용되었다고 한다.

한 번은 펜촉에 문제가 생겨서 국내 수입사인 '항소'에 수리를 맡겼다. 그런데 출시한 지 50여 년이 되었는데도 이 펜의 수리비는 무상이었다. 지금도 잘 쓰고 있는 펜이지만 스케치하기에는 좀 가늘게 나온다.

다음 만년필은 세일러에서 나온 '후데' 만년필이다. 이 만년필은 펜촉 끝이 꺾여 있다. 펜을 세워서 쓰면 글씨가 가늘게 나오고 눕혀 쓰면 굵게 나와서 글씨 굵기를 조절할 수 있다. 원래 캘리그래피용으로 개발된 펜으로 '미공필 만년필'이라고 한다. 이 펜이 어반스케쳐의 눈에 띄어 지금은 많은 어반스케쳐들이 쓰고 있다. 값도 싸고 무게도 가볍다.

볼펜은 보통 유성 잉크를 사용한다. 유성 잉크는 고급스러운 느낌이 떨어지고 덩어리가 생기는 단점이 있다. 수성 잉크는 색깔이 예쁘고 잘 써지지만 물에 녹기 때문에 수채로 채색하면 번지는 단점이 있다. 중성 잉크는 색도 예쁘고 물에도 녹지 않도록 개발되었는데, 중성 잉크를 쓰는 펜을 '중성펜'이라고 한다.

　나는 옛날부터 사쿠라에서 나온 겔리롤 중성펜을 좋아했다. 이 펜은 파인라이너와 달리 종이를 살짝 파고들면서 잉크를 쏟아낸다. 어반스케치를 하면 여러 가지 종이를 사용하게 되는데, 이 펜의 특징은 종이를 크게 가리지 않고 아무 종이에나 잘 써진다는 것이다. 색도 예쁘고, 가볍고 길다. 그리고 값도 싸다.

망설여지기는 하지만 만약 펜을 하나만 선택하라면, 난 중성펜을 갖고 갈 듯싶다. 무인도에서 하루 종일 중성펜으로 사물을 정밀하게 묘사한다면, 지금보다 좋은 작품이 나올 수도 있겠다. (2022. 3. 17.)

독립문에서 호텔까지⋯
이 모든 걸 만든 남자의 정체

우크라이나 출신의 건축기사 사바틴이 설계한 근대 건축물들

2022년 2월 24일, 러시아가 우크라이나를 무력으로 침공했다. 21세기에 이런 전쟁을 보다니! 러시아의 압도적인 군사력으로 볼 때 우크라이나가 오래 버티지 못하고 바로 항복할 것이라는 전망도 많았다. 하지만 그런 예상을 비웃듯이 우크라이나는 여전히 꿋꿋이 나라를 지키고 있다. 우크라이나가 지리적으로 아시아와 유럽 사이에 끼어 있어서 외침도 많이 받고 국가적 정체성이 옅다는 의견도 있었지만, 전쟁의 양상으로 보면 그렇지는 않은 것 같다.

역사적으로 우리나라와 우크라이나는 교류가 극히 적지만, 구한 말에 우리나라 건축사에서 중요한 역할을 한 우크라이나 출신 인물이 있었다. 아파나시 세레딘-사바틴(Afanasy Ivanovich Seredin-Sabatin, 이하 사바틴)이다.

20대 청년이 설계한 놀라운 건축물들
사바틴은 1860년 1월 1일 우크라이나 폴타바주(州) 루브니에서 태어났다. 루브니는 우크라이나를 가로지르는 드니프로강 오른쪽에 있는 도시로 수도 키이우(키예프)와 지금 한창 교전 상황인 하르키우 중간쯤에 있다.

그의 아버지는 재혼을 했는데, 14살의 사바틴은 계모의 괴롭힘을 피해 상트페테르부르크에 있는 삼촌에게 간다. 그는 왕립 예술아카데미에 일 년간 재학했으나 성적이 좋지 않아 건축학교로 적을 옮겼고, 역시 성적 문제로 그만둬야 했

독립문을 그리려고 왔는데, 어떻게 그려야 하나 고민이 됐다. 푸른 하늘을 배경으로 독립문을 단독으로 그릴 수도 있고, 영은문 기초와 독립문을 함께 그리면 특별한 의미를 전달할 수도 있겠다. 그런데 저쪽에 서재필 동상이 보인다.

서재필 선생은 〈미스터 선샤인〉의 주인공 유진 초이의 실제 모델이었다고 한다. 보통 서재필 박사라고 칭하기 때문에 그를 문인으로 아는 사람이 많은데, 그는 무인에 가까운 사람이었고, 실제로 미국에서 군인으로 복무도 했다. 그는 박사학위(Ph. D)를 받은 박사가 아니라 의사(Doctor)였다. 사람들은 '닥터 서'를 '서 박사'라고 불렀던 것이다.

그는 독립협회를 만들고 독립문 창건을 주도한 인물이며, 한동안 배재학당에서 강의를 하기도 했다. 예전에 서소문 배재고등학교 본관에 들어가면 배재를 빛낸 인물들 사진이 쭉 걸려 있었는데, 김소월 시인, 주시경 한글학자, 이승만 전 대통령과 함께 서재필 선생님 사진도 걸려 있었다.

수많은 대상 중에 자신의 흥미를 끄는 대상을 발견하고 그것을 하나의 프레임에 넣는 것, 즉 '프레이밍'이야말로 어반스케치의 핵심이다. 그래서 나는 스케치하러 가면 '이거다' 하는 것이 떠오를 때까지 상당한 시간을 할애한다. 그것이 결정되면 그다음은 술술 풀린다.

독립문만 단독으로 그려서는 재미가 없을 것 같다. 우리나라에서 보기 드문, 신문을 든 동상과 독립문을 한 프레임 안에 병치시킨다면 재미있는 의미를 발생시킬 수도 있고, 보는 사람의 상상력도 자극할 수 있을 것이다. 이번 그림의 프레이밍은 그렇게 결정한다.

그런 의미를 확실히 하기 위해 동상을 약간 독립문 쪽으로 기울여 그렸다. 그리고 동상 뒤에 있는 눈에 거슬리는 가로등은 생략했다.

독립신문을 높이 치켜든 서재필 동상

서대문형무소 쪽에서 독립문 쪽을 바라본 모습. 이 복잡한 광경을 어떻게 프레이밍 할 것인가?

날씨가 따뜻하니 산책하는 사람들이 많다. 평화로워 보인다. 하지만 독립문 옆으로 코로나 검사소가 들어서 있고 많은 사람이 검사를 받으러 대기하고 있다. 오미크론이 기승을 부린다. 이 광장에도 평화와 긴장이 병치되어 있다. 그러나 이 또한 지나가겠지. 러시아와 우크라이나 전쟁도 빨리 지나갔으면 좋겠다.

(2022. 3. 27.)

- 독립문과 서재필 동상 -

독립문과 서재필 동상. 독립문과 약간 비켜선 서재필 동상의 위치가 절묘하다.
동상 앞에 있는 시설물은 코로나 임시 검사소다.

봉제 메카 창신동의 역사를 기억하는
이음피움 봉제역사관

영화 〈미싱타는 여자들〉이 태어난 곳

어반스케쳐스 서울 3월 정기 모임을 창신동 일대에서 하기로 했다. 딱 집어서 말하면 창신 숭인 채석장 전망대다. 얼마 전에 창신 숭인 전망대에 가서 동망봉을 그렸으니, 이번에 나는 창신동에 있는 봉제 역사관에 가기로 했다.

국내 최초 봉제 역사관인 '이음피움 봉제역사관'은 동대문 패션 타운의 든든한 배후 생산 기지인 창신동 봉제 마을의 가치를 재조명하고, 우리나라 봉제 산업의 역사를 알리기 위해 설립된 문화공간입니다. '이음피움'은 실과 바늘로 천을이어서 옷을 탄생시키듯 서로를 잇는다는 의미의 '이음'과 꽃이 피어나듯 소통과 공감이 피어난다는 뜻의 '피움'을 합해 만들어진 이름입니다.

(참조 : 봉제역사관 리플릿)

작은 갤러리니까 예약은 필수다. 오전 11시에 예약을 했고 지도 앱을 손에 들고 이음피움에 도착했다. 이음피움은 창신동의 흔한 건물을 수리해서 갤러리로 만들었다. 바닥이 좁아 지하에서 3층으로 올라가면서 전시가 진행된다.

지하 1층에서는 체험 프로그램을 하고 있고, 2층에서 봉제 메카 창신동의 역사가 상설 전시되고 있다. 3층에서는 기획전으로 요즘 시대의 컴퓨터 미싱을 소개하는 전시를 하고 있다. 전시도 아기자기하고 도슨트의 설명도 재미있었다.

아카이빙 작업 과정에서 만들어진 영화

봉제역사관은 일반인들을 대상으로 하는 전시뿐 아니라, 역사관으로서의 자료 수집도 하고 있다. 2018년 김정영 감독은 봉제역사관에서 영상 자료집을 만들기 위해 봉제 노동자 32인의 인터뷰를 진행했다.

'이음피움 봉제역사관' 전경. 창신동 골목길에 있다.

김 감독은 그 과정에서 70년대 청계피복노동조합 출신의 두 사람을 만나게 되었는데, 70년대 평화시장의 대부분을 차지했던 어린 여성 노동자들의 기록이 없다는 것을 알게 되어 영화 제작을 결심했다. 이후 이혁래 감독이 연출에 참여하며 다양한 자료와 그림, 합창 등 여러 미디어를 활용하는 아이디어를 함께 발전시켜 40여 년 전 여성 노동자들의 감정과 사연을 담은 감동 서사를 탄생시켰다. 〈미싱타는 여자들〉이 바로 그 영화다. 참고로 '미싱'은 소잉 머신(Sewing Machine)의 '머신'을 일본식으로 발음한 것인데, 지금은 우리말이라 해도 좋을 만큼 대중적인 단어가 되었다.

〈미싱타는 여자들〉은 다큐멘터리 영화 제작이라는 어려움에 코로나까지 겹쳐서 힘들게 완성된 영화였는데, 역시 코로나로 개봉 날짜를 잡기 힘들다가 결국 2022년 1월에 개봉했다.

영화가 감동적이라는 소문을 들었다. 그래도 이런 영화를 영화관에서 보려면 서둘러야 한다. 흥행이 안 되는 영화는 상영관에서 슬그머니 내리는 경우가 많기 때문이다. 서둘러 용산 CGV에 예약했다. 상영관에 들어가 보니 20여 명의 관객이 있었다.

다큐멘터리라 인터뷰 화면이 주를 이루지만, 부족한 자료 화면을 보완하기 위해서 그림과 노래로 보충했다. 특히 나의 시선을 끈 것은 출연자들이 개인적으로 보관하던 사진을 꺼낸 것. 그런 사진을 보면 감정의 소용돌이에 빠지게 된다. 옆에 앉은 분이 영화 중반부터 손수건을 꺼냈다.

봉제역사관은 매시간 도슨트 프로그램이 있어 원래는 그림을 그릴 수는 없지만, 낮 12시 타임은 점심시간이라 프로그램이 없고 기사를 쓴다는 이유로 잠시 드로잉할 시간을 허락받았다.

여기서 무엇을 그릴지는 어렵지 않게 결정했다. 전시장 한구석에 걸려 있는 〈마스터의 가위〉. 2018년 기획 전시에 참여한 열 분의 '봉제 마스터 가위'를 액자에 넣어 전시해 놓았다. 가위는 봉제인에게는 상징과도 같은 것으로, 늘 작업자의 손에 닿는 거리에 있어서 어찌 보면 애착 인형 같은 것이다. 각 가위는

〈마스터의 가위〉를 그리고 있다. 기사 취재를 이유로 스케치 허락을 받았다.

손에 닿는 부분을 천으로 감거나 해서 편하게 만들어 놨다. 수십 년을 사용한 낡은 도구에는 그것을 사용한 분들의 시간이 담긴 아름다움이 있다.

다음 예약 시간인 1시 전에 드로잉을 마치고, 동네 식당에 가서 국밥 한 그릇을 먹었다. 다른 어반 스케쳐들 얼굴이나 볼 겸 창신 숭인 채석장을 향해 올라갔다. 채석장 카페에 올라가 보니 넓지 않은 공간에 십수 명의 스케쳐들이 일제히 창밖을 보고 그림을 그리는 진풍경이 벌어지고 있었다.

(2022. 3. 31.)

진경산수화는 당대의 어반스케치

그가 위대한 이유는 시대적 요구에 답한 작가이기 때문이다. 그는 관념적인 회화의 흐름을 진경산수라는 새로운 물줄기로 바꾸어 낸 인물이었다. 김홍도도 신윤복도 그런 토대 위에서 자라난 것이다. 보통 어떤 사조가 형성되어서 완성되기까지는 2~3대가 걸리는데, 겸재는 40대부터 그림을 본격적으로 그리기 시작해 84세까지 40여 년간을 쉬지 않고 창작에 몰두해 진경산수화를 완성 단계까지 만들어 놓고 돌아가셨다.

당시 당쟁이 격화된 시기였음에도 겸재는 그 흔한 귀양 한 번 가지 않고 창작에 몰두할 수 있었다. 그의 영원한 후원자 영조 대왕께서는 그를 경상도로 강원도로, 양천으로 골고루 보내셨다. 그림을 그리라는 것이었다. 이에 화답하듯 겸재는 가는 곳마다 걸작을 남겼다.

그는 이미 당대에 평판이 대단해서 말년에는 그림 한 장이 한양의 집 한 채 값이었다고 하며, 중국에서도 명성이 자자했다. 겸재 정선은 지금도 슈퍼스타인데, 간송 미술관 등에서 '겸재 정선 특별전'이라도 할라치면 수많은 관객이 몰려든다.

겸재 이전의 옛날 사람들은 왜 진경을 그리지 않고 상상이나 이야기 속의 그림을 그렸을까? 그때는 교통 사정이 좋지 않았고, 화구를 들고 다니기도 힘들었다. 진경을 그리는 것은 너무나 비효율적이고 비용이 많이 들었다.

특별한 이유가 없다면 군이 현장에 가서 그릴 이유가 없었을 것이다. 게다가 그때는 사진이 없던 시절. 정확한 형태는 현장에 가지 않는 한 알 수 없으므로 자연스럽게 관념화된 그림을 그렸던 것 같다.

그러면 겸재는 요즘 어반스케쳐들처럼 현장에서 그렸을까? 내 생각에는 그런 것 같다. 그는 자신이 살았던 곳이나 근무지, 여행지를 중심으로 그렸다. 그의 그림은 대체로 가로 40cm, 세로 30cm 정도의 작은 그림이 많다. 충분히 현장에서 그릴 수 있는 크기다. 동양화의 화구도 비교적 작고 휴대하기 간편하다.

겸재 선생님도 우리처럼 현장에 가서 구도를 잡고 프레이밍을 하고 붓을 들어 밑그림을 그렸을 것이다. 가능하면 현장에서 채색하고 시간이 없으면 집에 와서 채색하고 디테일을 그려 넣는 방법으로 그림을 그렸을 것 같다.

겸재야말로 조선 최고의 어반스케처다. 물론 어반스케치와 진경산수화는 역사적 맥락이 다르고 강조하는 점도 상이하지만, 다큐멘터리 정신으로 현장에서 사실적으로 그린다는 면에서는 일맥상통한다.

쉼터에서 본 수성동 전경. 왼편에 기린교가 보인다.

겸재의 '수성동'을 그리다

오늘은 수성동 계곡을 그리러 간다. 수성동(水聲洞)은 계곡의 물소리가 크고 맑아 조선시대부터 동네 이름을 그리 불렀다. 풍류를 아는 왕자 안평대군의 정자가 있던 곳이기도 하고, 겸재의 작품집 《장동팔경첩》에도 〈수성동〉 그림이 있다.

1971년 수성동 계곡에 9개 동 308가구의 옥인동 시범아파트가 들어선다. 당시 이 아파트는 풍광이 좋아 장안의 화제였다고 한다. 2007년 아파트가 노후한데다 인왕산 경관을 훼손한다는 지적에 따라 철거가 결정되었고, 2008년 아파트 철거를 시작했다.

그런데 아파트 철거 과정에서 겸재의 그림 〈수성동〉에 나오는 '기린교'가 발견되었다. 아파트를 건축할 때 바위로 된 다리에 시멘트로 덮고 철제 난간을 세워 사용했던 것을, 철거 과정에서 시멘트를 걷어내면서 겸재 그림 속 돌다리가 모습을 드러낸 것이다.

겸재 그림 〈수성동〉 속의 기린교 모습

이를 계기로 아파트를 단순 철거하는 데서 겸재의 〈수성동〉을 복원하는 쪽으로 방향이 바뀌었다. 아파트를 철거한 자리에 남아 있는 바위를 보완하고, 계곡 양쪽에 전통 방식의 돌 쌓기를 하는 등 암석 지형 회복에 중점을 두었다. 또 옛 경관 복원을 위해 구부러진 소나무 등 나무 1만 8천여 그루를 심었다. 공사는 2012년에 마무리됐다.

수성동 계곡은 서촌 쪽에서 가는 방법이 있고 독립문 쪽에서 가는 방법이 있다. 서촌 쪽 루트는 '서울 역사 나들이'라는 모임에서 한번 가본 적이 있어서 이번에는 독립문에서 가기로 했다. 그런데 어디를 갈 때 지도 상의 거리만으로는 가늠할 수 없다는 것을 다시 한번 깨달았다. 독립문역에서 내려 수성동 계곡으로 가는 길은 처음부터 가파른 계단을 쉬지 않고 올라가서 인왕산을 완전히 넘어 다시 내려오는 코스다.

수성동 계곡에는 겸재가 그림을 그린 곳으로 추정되는 곳에 쉼터가 마련되어 있다. 이 쉼터에 오는 사람들은 두 부류다. 말끔한 옷을 입고 있는 직장인들은 서촌 쪽에서 올라온 사람들이다. 손에 커피를 들고 담소를 나눈다. 그리고 인왕산에서 내려오는 사람들도 있다. 그들은 하산의 즐거움에 들떠있고 떠들썩하다. 쉼터에는 겸재의 〈수성동〉 그림까지 갖다 놓았다. 모두들 겸재의 그림과 계곡을 비교해 보면서 이야기를 나눈다.

봄이 오는 수성동 계곡을 그렸다.

여기서 그리면 된다. 겸재는 부감법으로 높은 곳에서 내려다보는 관점으로 그렸다. 나에게는 기린교 옆의 바위들이 인상적이다. 구부러진 소나무와 멀리 보이는 인왕산 정상도 그렸다. 그림에는 안 보이지만 인왕산 정상 오른편으로 치마바위가 있을 것이다.

겸재 선생님이 한양 전경을 많이 그리셨으니까, 겸재의 발길을 따라 그림을 그려보면 어떨까 하는 생각을 잠시 하다 곧 생각을 접었다. 겸재 그림과 비교되길 원하는 사람이 누가 있겠는가! (2022. 4. 4.)

권진규의 말,
RM의 말

권진규 탄생 100주년 기념 전시 〈노실(爐室)의 천사〉

서울시립미술관 서소문 본관에서 '권진규 탄생 100주년 기념 〈노실의 천사〉' 전시를 한다. '노실(爐室)'이란 가마 또는 가마가 있는 아틀리에를 의미하며, '천사'는 노실에서 만들어진 작품을 말한다. 〈노실의 천사〉는 권진규의 시에서 따왔다.

시청역에서 내려 시립미술관으로 가는 길에 전시를 알리는 배너를 보니 살짝 가슴이 설렌다. 서울시립미술관은 언제 와도 편안하다. 이번 전시는 1950년대부터 70년대에 이르기까지 권진규 작가의 조각, 회화, 드로잉, 아카이브 등 총 240여 점을 선보이는 대규모 전시다.

　지난해 유족이 기증한 작품(총 141점)과 이건희 컬렉션, 국립현대미술관, 고려대학교박물관, 리움 등 기관과 개인 소장자로부터 대여받은 작품이다. 국립현대미술관에서 하는 이건희 컬렉션 특별전에 전시된 작품을 제외하면 권진규의 작품이 거의 다 포함되어 있다.

전시장에 가보니 자소상을 비롯해서 여인 인물상, 불상과 예수상, 말을 비롯한 각종 동물상 등 그가 만들었던 조각이 총망라되어 있다. 탄생 100주년 기념 전시니 만큼 작품 소장자들이 모두 협조해서 작품을 대여했다고 한다. 이런 전시를 다시 보려면 얼마나 오래 기다려야 할까.

　나는 자소상이나 불상에 가장 관심이 갔지만, 도록으로만 보았던 말머리 돌

조각도 인상 깊었다. 또 재미있었던 것은 모델링 작업을 할 때 만든 듯한 작은 조각상까지 선보였다는 것이다. 조각가들은 흔히 큰 작품을 만들기 전에 작은 작품을 시험적으로 만드는 경우가 많은데, 이를 '모델링 작업'이라고 한다. 손바닥 반만 한 그런 작품들도 모아서 전시하고 있다.

권진규 선생님의 작품이야 말할 것도 없지만, 서울시립미술관의 전시 방식도 훌륭함을 넘어서 감동이다. 어떤 미술관이든 작품을 보호하기 위해 관람객이 다가갈 수 있는 선을 정해 놓는데, 내가 보기에 탈권위주의적인 갤러리일수록 작품과 관람객의 사이가 가깝다.

　이번 전시도 정말 가까이서 작품을 볼 수 있게 되어 있다. 가끔 선을 넘는 사람들이 있어 안내하는 분들이 분주하기는 하지만, 좋은 미술관은 그런 번거로움을 감수한다. 방대한 작품이라 주제를 나누고 주요 작품은 따로 부스를 만들기도 하고, 조각 작업의 특성상 정면으로 봐도 괜찮은 작품은 정면으로 전시하고, 또 입체적으로 봐야 좋은 것은 사방에서 보도록 전시해 놓았다.

　작은 작품이 많아서 각 작품마다 좌대를 만들지 않고 넓은 좌대를 만들었는데, 시멘트 블록과 시멘트 벽돌로 일정하게 쌓아 좌대를 만들었다. 그 위로 약 2cm를 띄워서 흰 상판을 얹었다. 권진규 작품과 잘 어울리고 모던하다.

　전시 말미에는 권 선생님의 스케치북 25권 정도를 원본과 똑같이 만들어서 전시해 놓았다. 나는 모든 스케치북을 다 살펴보았는데, 표지며 테이프 자국 등까지 다 원본과 똑같이 만들어 놓아 무척 놀랐다. 마치 친구의 아틀리에에 놀러가서 작업 노트를 보는 것 같았다.

RM이 소장한 말

이번 전시회에 작품을 대여한 개인 소장자 중에 BTS의 RM이 있다. 그는 미술 애호가이자 수집가로도 유명한데, 체계적으로 미술품을 수집한다고 한다. 기사를 쓰려고 주목할 만한 전시를 찾으면 RM이 그 전시회를 다녀갔다는 경우가 많았다. 알려지지 않은 경우도 많을 테니, 아마 그는 국내 주요 전시는 모두 가 보

RM이 소장한 말 조각이 우아하다. 뒤에 보이는 말머리 조각과 액자 부조 작품도 모두 테라코타다.

는 것 같다.

　그가 대여한 작품은 고개를 숙이고 있는 말 조각으로 권진규가 1965년쯤 작업한 것으로 추정된다. 그 말은 흰색 테라코타 작품으로 동물 작품을 모아 놓은 곳에 있었다. 권 선생님은 말을 좋아하셔서 말 조각이 많은데, 이 말은 흰색으로 채색되어 있는 것이 특징이고, 우아한 자세가 멋있다.

보통 테라코타 작품은 흙으로 빚어 가마에서 800도 정도로 소성(燒成)한다. 도자 작가들은 초벌구이가 끝난 작품에 유약을 발라 가마에서 1,300도 정도로 한번 더 소성한다. 그런데 어떤 작품이든 일단 가마에 들어가면 그 후부터는 인간의 작업이 아니라 신의 영역이다. 소성 중에 파손되는 경우도 많고 변형되는 경우도 많다.

　테라코타 작품은 브론즈 작품들과는 달리 강도가 약하기 때문에, 사람의 다리나 동물의 가는 다리에서 더러 문제가 발생한다. RM의 말은 입이 왼쪽 앞다리에 붙어 있는데, 흔히 세라믹 아티스트들이 구조적으로 강도를 더하기 위해서 그렇게 한다. RM의 말 바로 옆에 있는 말도 입을 기수에 붙어 놓았는데 같은 이유다.

이번 전시는 너무 많은 작품이 있어 그릴 대상을 정하기가 어렵다. 게다가 갤러리가 일정한 간격으로 작품을 배치하고 배경이 무채색이어서 구도 잡기도 어렵다. 나는 권진규도 좋아하고 BTS도 좋아하니까, RM의 말을 그리기로 했다. 배경에는 권진규의 부조 작품을 프레이밍했다.

그러고 보니 오른쪽에 걸려 있는 회색 부조를 빼면 모든 작품이 한 가지 톤이다. 그래서 세피아 색으로 모노크롬 그림을 그리기로 했다.

'세피아(Sepia)'는 어두운 갈색이다. 고대 그리스에서는 오징어 먹물을 안료로 사용했는데, 세피아라는 이름의 어원은 이 오징어의 고대 그리스어인 스피아(spia)에서 유래했다고 한다. 근대에 들어 화학적인 안료가 나왔지만, 여전히 진한 갈색을 세피아라고 한다. 19세기 말에는 세피아 색 잉크가 신문이나 잡지의 인쇄에 사용되며 인기를 얻었고, 어두운 갈색의 모노크롬 사진도 현상되기에 이르렀다. 그래서 아직도 옛날 사진 하면 떠오르는 색이 세피아다.

일단 전경에 말을 넣고 배경에 말머리 테라코타와 부조 작품 2개를 배치했다. 이 그림은 스케치도 세피아 색 잉크로 했다. 누들러 사에서 나온 세피아 색 중성 잉크가 있다. 그 색이 너무 연해서 나는 검은색 잉크를 조금 타서 쓴다. 그리고 세피아 색 수채 물감으로 완성했다. 단색조로 그리니까 형태에 더 집중하게 되고, 빨리 그릴 수 있어서 좋다. 게다가 세피아 색이라 옛날 분위기가 난다.

생각해보면 이번 전시는 서울시립미술관뿐 아니라 국내 모든 소장자가 힘을 합쳐 만든 전시다. 그만큼 전시도 훌륭하다. 미술을 좋아하는 사람들은 꼭 보라고 말하고 싶지만, 오후가 돼서 몰려드는 관람객을 보니 그런 말도 필요 없을 듯하다. (2022. 4. 8.)

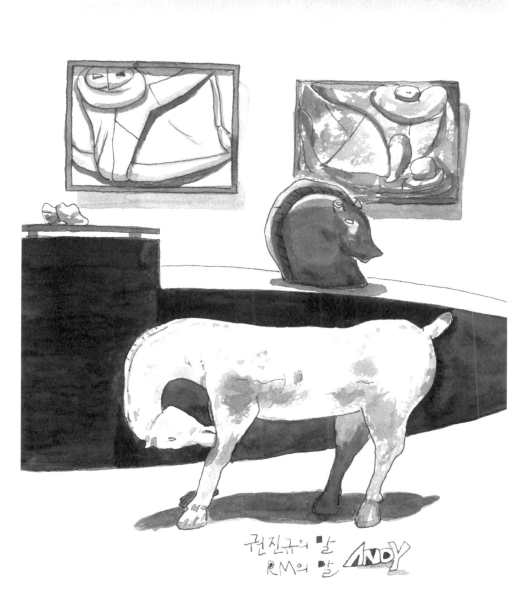

권진규의 말
RM의 말 ANDY

권진규의 말, RM의 말을 세피아 색으로 그렸다. 뒤에 있는 말머리와 두 개의 부조 작품도 테라코타 작품이다.

왕벚꽃 나무가 멋진
'도깨비' 촬영지

제물포구락부와 인천시민愛집

매달 두 번째 토요일은 인천 어반스케쳐스 정기 모임이 있는 날이다. 인천 모임
이라 해서 인천 사람들만 가는 것은 아니고 누구에게나 열려 있다. 이번 모임은
역사적 유물이 몰려 있는 송학동 일대다.

　서양 조계지의 사교클럽이었던 제물포구락부, 근대 한옥 양식을 재현한 옛 시
　장 관사 인천시민愛집, 이음 1977 등 근대건축과 가장 오래된 플라타너스 나무
　등 자연이 조화롭게 어우러진 송학동에서 만납니다. (인천 어반스케쳐스 공지)

　차를 가지고 가서 인성여고 주변 공영 주차장에 주차했다. 목적지인 제물포
구락부를 찾기 위해 언덕 위를 오르다 보니 역사 현장 탐사를 나온 고등학생들
과 선생님이 보인다. 거기서 조금 더 올라가서 언덕 정상 부근에 가니 유명한 맥
아더 동상이 있었다. 동상에서 계단을 내려와 오른쪽으로 가면 제물포구락부가
보인다.

역사의 부침 속에 살아남은 제물포구락부

제물포구락부는 외국인들을 위한 사교 클럽으로 만들어졌는데, 금속 지붕을 한
벽돌식 2층 건물로 건축가 사바틴이 설계하여 1901년에 문을 열었다. 내부에 사
교실, 도서실, 당구대 등이 있고 실외에는 테니스 코트가 있었으니, 당시로서는

굉장히 호화로운 건물이었다.

제물포구락부는 일제 강점기에는 일본 관변 단체가 사용하였고, 1945년 이후에는 미군 장교클럽으로도 사용되었다. 이곳은 1946년부터 인천시립박물관으로 사용되었으나, 인천 상륙작전 와중에 포격을 맞아 건물의 상당수가 불탔다. 전쟁 후 다시 시립박물관 또는 자료실로 운영되었다.

제물포구락부 입구

참으로 오랫동안 시대의 아픔을 겪었던 제물포구락부는 2007년 드디어 인천 시민의 품으로 온전히 돌아와 인천의 개항을 이야기로 풀어나가는 스토리텔링 박물관으로 개관하였다. 2020년 미공개였던 1층의 석벽 공간을 전시장과 음악 감상실로 꾸며 일반에 공개하였다.

밖으로 난 계단으로 2층으로 올라가서 제물포구락부로 들어갔다. 건물 양쪽으로 넓은 홀이 있고 가운데 바 테이블이 있다. 홀들 사이에는 작은 방이 있다. 실내도 고풍스러운 옛 분위기를 잘 복원해 놓았다. 아마도 입구 홀에는 당구대를 놓고 가운데 작은 방은 도서관으로 사용하였으며, 안쪽 홀은 연회장으로 썼을 것 같다.

20세기가 막 시작하는 때의 은둔의 나라 조선의 제물포. 밖은 칠흑같이 어두운데, 낯선 외국인들이 삼삼오오 모여든다. 담배 연기 가득한 홀에서 당구를 치면서 이야기를 나누고, 바 테이블에서 술을 받아서 안쪽 홀로 들어가 왈츠를 추는 영화 같은 장면이 잠시 떠올랐다.

사바틴은 독립문을 비롯해서 한국 최초의 커피하우스 정관헌과 한국 최초의 서양식 도서관이자 파티홀인 중명전도 설계한 인물이다. 평소 정관헌과 중명전을 보면서 뭔가 불편함을 계속 느꼈었는데, 제물포구락부를 보면서 비로소 그 원인

제물포구락부 입구. 왕벚꽃나무가 멋지다.

을 알 것 같았다.

모름지기 건물은 평면도로 보았을 때 길쭉하고, 옆에서 보았을 때 창문이 많으면 예쁘다. 그런데 이런 건물은 열효율이 나쁘다. 추운 지방일수록 정사각형에 가까운 평면도로 집을 짓고 창을 많이 내지 않는다. 사바틴은 우크라이나 출신이라 본능적으로 열효율이 좋은 건물을 설계한 것 같다. 정관원도 중명전도 제물포구락부도 비교적 정사각형에 가까운 평면을 갖고 있고 창이 적어 답답하다. 그래서 내가 불편함을 느꼈나 보다.

제물포구락부 실내를 그릴까 잠깐 생각도 했지만, 건물 입구의 왕벚꽃 나무를 보는 순간 밖에서 그리기로 마음먹었다. 게다가 건물 입구는 드라마 〈도깨비〉 촬영 장소다.

오늘 날씨가 참 좋다. 인천 스케쳐들이 하나둘 올라와서 인사를 나누고 간다. 건물은 흰색이어서 굳이 많이 채색하지 않아도 되고 문과 하늘, 무엇보다 나무 그리기에 치중해야 한다. 배우 공유를 생각하며 건물 입구에 사람 한 명을 그려 넣었다. 저 사람은 도깨비라 채색도 하지 않았고, 그림자도 없다.

힘 빼고 그린 인천시민愛집

제물포구락부 아래 한옥 터에는 일본인 사업가 코노의 별장이 있었다. 그 터에 들어선 건물이 인천시민愛집이다. 점심을 먹고 두 번째 그림을 그리려고 인천시민愛집으로 갔다.

이곳은 개항기 독일 영사관 부지로 공개 경매를 통해 불하되었으며, 오랜 기간 세창양행 등 독일계 소유의 부지로 활용되었다. 해방 후 인천 예악인들의 문화적 아지트로, 그리고 1966년부터 인천시장 관사로, 2001년부터는 역사 자료관으로의 활용에 이어 2021년 7월 1일 인천 독립 40주년을 맞아 오롯이 시민을 위한 공간으로 완전 개방하였다. (인천시민愛집 리플릿)

인천시민愛집은 절충식 한옥도 볼만 하지만 정원이 아름답다. 그리고 인천항이 내려다보이는 전망이 좋다. 인천 어반스케쳐들은 제물포구락부는 대개 한 번씩 그려봐서인지 이쪽으로 많이 와 있다. 한옥을 그리면 가장 큰 문제가 기와지붕이다. 안 그릴 수도 없고 자세히 그리자니 어렵고 시간도 오래 걸린다. 초보 스케쳐들 중에는 한옥은 아예 패스하는 경우도 많다.

그런데 점심을 늦게 먹어 마감 시간까지 1시간밖에 남지 않았다. 그냥 후데 펜을 꺼내

후데 펜으로 그렸다. 펜으로 그리면 빨리 그려서 좋다.

인천시민애愛집을 후데 펜으로 그렸다.

펜 스케치를 했다. 보통 정모에 가면 오전에 1장, 오후에 1장을 그린다. 오전 그림은 잘 그리겠다는 마음이 더해져 묘사도 자세하고 채색도 화려하다. 오후 그림은 좀 지치기도 하고 일단 한 장 건졌다는 마음으로 편하게 그린다. 나는 내 그림이 오전 그림인지 오후 그림인지 모두 구별할 수 있다. 오후 그림이 마음에 드는 경우가 많다. 그런데 다른 사람들도 내 그림을 보면서 그것을 구분할 수 있을까?

코로나도 끝나고 날씨도 좋아서 이번 정모에는 오랜만에 많은 스케쳐가 왔다. 그래도 아직 방역 때문에 조심스럽기는 하다. 인천 어반스케쳐스는 지역 챕터로는 이례적으로 잡지를 발행한다. 운영진에 책 만드는 전문가들이 있어 가능한 일이다. 재미있는 역사와 이야기를 품고 있는 인천, 더 자주자주 가고 싶다.

(2022. 4. 11.)

요즘 난리난 벨리곰과 '오징어 게임'의 공통점

'낯설게 하기' 현대미술이 통했나… 관람객 200만 넘은 SNS 명소

요즘 잠실에 거대한 핑크곰이 나타나서 화제다. 잠실역 1번 출구로 나와서 롯데월드타워 뒤로 돌아 쭉 걸어가면 멀리서 거대한 핑크곰이 보인다. 아파트 4층 높이라니 그 크기가 엄청나다.

롯데월드에서는 2014년 1톤이 넘는 고무 오리 '러버덕'을 석촌호수에 띄워 73만 명의 관람객이 몰리는 인증샷 대란을 일으킨 바 있다. 2016년 '슈퍼문' 전시는 106만 명이 다녀갔다고 한다. 핑크곰은 앞선 사례를 훨씬 뛰어넘는 인기로 관람객 200만 명을 넘길 것으로 예상하고 있다. SNS 인증샷 명소라고 하는데 직접 와서 보니 그럴 만도 하다.

이 어메이징한 핑크곰의 정식 이름은 '벨리곰'이다. 벨리곰은 2018년 롯데 홈쇼핑이 자체적으로 만든 캐릭터로 그간 꾸준한 마케팅으로 인지도를 높여왔다. 그러다가 캐릭터를 만든 직원이 러버덕, 슈퍼문 전시를 떠올리고 벨리곰도 그렇게 전시하면 좋겠다고 건의했고, 마침 롯데월드타워 오픈 5주년 행사와 일정이 맞아 이런 행사를 진행하게 되었다고 한다.

현대미술의 중요한 포인트, 낯설게 하기

벨리곰의 인기를 보면, 현대미술의 기본 전략인 '낯설게 하기'에 충실한 전시라는 생각이 든다. 요즘은 아무리 아름다운 것이라도 진부한 것, 익숙한 것은 눈길을 끌지 못한다. 그래서 익숙한 것을 낯설게 만드는 것이 현대미술의 중요

SNS 성지로 떠오른 거대한 핑크 곰

한 포인트다.

낯설게 하기 위한 방법으로는 보통 '위치 옮기기'와 '확대하기'가 있다. 어떤 사물을 상상 밖의 위치로 옮기면 낯설게 느껴진다. 작은 것을 사용 용도와 상관없이 확대하면 낯선 느낌을 갖게 된다. 〈오징어 게임〉의 4m 크기 영희 인형도 그런 맥락에서 볼 수 있다.

그런 전략을 가장 잘 사용한 사람으로 클래스 올덴버그(Claes Oldenburg)라는 작가가 있다. 그는 1929년 스웨덴에서 태어나 미국에서 작품 활동을 했으며, 립스틱, 빨래집게, 톱, 스푼 등 우리 주변 사물들을 크게 확대한 조각으로 대단한 화제와 인기를 얻었다. 우리나라에도 그의 작품이 있다. 붉은색과 푸른색이 교차하는 철판을 나선형으로 꼬아 올린, 청계천에 있는 〈스프링(Spring)〉은 그와 그의 아내 쿠제 반 브르겐의 공동 작품이다. 그 작품은 처음 설치될 때 논란이 많았지만, 나는 그 작품을 좋아한다.

여기까지 봐도 벨리곰과 올덴버그는 일맥상통하는 것 같은데, 또 하나의 접점이 있다. 올덴버그는 1960년대에 그 당시로는 이례적으로 〈부드러운 조각품(soft sculpture)〉을 제작했다. 그는 〈부드러운 타자기〉, 〈부드러운 화장실〉, 〈부드러운 욕조〉 등의 작품을 선보였는데, 원래 딱딱한 물건을 부드러운 천이나 비닐로 만들었다.

벨리곰도 인형을 만드는 천으로 만들어져 있어서 놀랐다. 나는 튜브 같은 비닐로 만들어진 조각은 많이 보았으나 천으로 이렇게 거대한 작품을 만든 것은 처음 본다. 야외에서 이런 천으로 된 거대 인형을 보다니 낯설다.

잠실에 나타난 어메이징 벨리곰. 오른쪽에 있는 사람들은 사진을 찍으려는 줄이다.

만약 벨리곰이 아니었다면

올덴버그의 작품을 보면, 나도 저 정도는 만들 수 있다는 생각이 든다. 그의 작품은 본인이 직접 만드는 것이 아니라 제작소에서 만드는 것이다. 그는 개념만 제시하면 된다. 누구나 5센티미터 정도 되는 빨래집게를 주머니에 넣고 공장에 가서 '이것을 100배로 키워서 스테인리스로 만들어 주세요.' 하고 비용을 지불하면 만들어 주기 때문이다.

다만 그렇게 생각하는 것과 그렇게 할 수 있는 것이 다를 뿐이다. 롯데의 그 직원도 마찬가지. 생각하고 그걸 현실화했다. 게다가 이 거대한 인형은 관리도 쉽지 않다. 내가 갔을 때는 간밤에 비가 와서 인형은 젖어 있었고, 인형 뒤에는 컴프레서로 계속 공기를 집어넣고 있었다. 롯데 같은 대기업이 아니면 하기 힘든 전시라는 생각도 든다. 그래서 더 많은 사람이 모여드는 것이겠지만.

비가 오락가락해서 현장에서는 그림을 그리기가 좋지 않다. 어메이징 벨리곰처럼 확대된 사물을 그릴 때는 주의할 것이 있는데, 크기를 나타낼 수 있도록 옆에 비교할 만한 물건을 놓아야 한다는 것이다.

곰 인형만 덩그렇게 그리면 침실에 있는 30cm짜리 곰인지 15m짜리 곰인지를 알 수가 없다. 크기를 비교하기 위해서 곰 인형 앞에서 포즈를 취하는 커플과 사진을 찍으려고 기다리는 줄을 그렸다. 좋지 않은 날씨에도 불구하고 계속 많은 인파가 몰려든다.

이런 생각을 해봤다. 만약에 핑크 벨리곰이 아니라 다른 것을 확대해서 저기다 갖다 놓았다면 인기를 끌었을까? 아니었을까? 웬만한 걸 갖다 놔도 인기를 끌었을 것 같기도 하다. 하긴 귀여운 벨리곰만큼은 아니었겠지만. (2022. 4. 17.)

화가들은
자기 그림을 좋아할까?

결과보다 과정, 평가보다 격려…
어반스케쳐스 선언문에 담긴 의미

그림을 그리는 사람들은 과연 자기 그림을 과연 좋아할까? 힌트를 주자면 "고슴도치도 자기 자식은 귀엽다."는 말이 있다. 그렇다. 그림 그리는 사람들은 다 자기 그림을 좋아한다. 그림을 잘 그리는 사람들은 자기 그림이 자랑스러우니까 좋아하고, 그림이 조금 부족한 사람은 자신이 이렇게까지 그렸다는 사실에 스스로를 대견하게 생각한다.

그런데 주변에서 그림 그리는 사람들이 자기 그림이 맘에 안 든다는 둥 이런 이야기를 하는 사람도 많다. 어떤 사람이 자기 아들딸을 보고 "아이고, 저 자식 미워 죽겠어."라고 한다고 해서 눈치 없이 그 말에 동조했다가는 인간관계 파탄을 경험할 것이다. 밉다고 말하는 것도 사랑을 전제한 것이다. 진짜 자기 그림을 안 좋아하는 사람은 그림을 그리지 않는다.

자화자찬 3회 전시때 포스터로 사용한 사진. 내가 가진 펜과 붓 그리고 잉크병으로 글자를 만들었다.

예사롭지 않은 벽화가 그려진 주차장 이름은 역시 예사롭지 않은 '푸른 기린 주차장'이다.

　예전에 누드 크로키를 하는 화실에 다녔는데, 그때 가까운 사람들 몇 명이 모여서 동아리를 만들었다. 같이 전시도 세 번이나 했다. 그 동아리 이름이 '자화자찬'이었다. 그림 그리는 사람의 심정을 이보다 더 잘 나타낼 수 있을까.

조선시대에 초상화를 그리면 보통 그 인물에 대한 덕담을 그림 속에 써넣었다. 그것을 '찬(讚)'이라고 한다. 여기서 '찬'이란 칭찬이란 뜻이 아니고 글의 형식을 말한다. 자화상을 그렸을 경우 찬을 스스로 써야 하는데, 그것을 '자화찬' 혹은 '자화자찬(自畵自讚)'이라고 했다.

　그런데 자화자찬이 낯 뜨거운 자기 칭찬이었던 것은 아니다. 보통 문인화를 그리는 선비들이 자화상을 그렸는데, 그들이 찬을 지으며 말도 안 되는 자기 자랑을 하겠는가. 오히려 스스로를 낮추는 겸손한 자화찬이 많았다. 그런데 후대에 의미가 변질되어 터무니없는 자기 자랑을 자화자찬이라고 하게 되었다.

　자기 자신에 대한 겸손한 평가이든, 터무니없는 자랑이든 간에, 우리는 자화자찬이라는 이름이 좋았다. 다른 사람들도 그 이름을 듣고 즐거워했다. 그림 그리는 사람들은 모두 자화자찬러들이기 때문일 것이다.

내가 자주 이용하는 삼청동의 마을버스 정류장에서 보이는 주차장. 화려한 벽화가 눈에 띄어 늘 그려보고 싶었다.

결과보다 과정이 중요한 그림

어반스케쳐스 선언문으로 다시 돌아가면, 선언문 6조는 다음과 같다.

> 제6조. 우리는 서로 격려하며 함께 그린다. (We support each other and draw together.)

어반스케쳐들 사이에서는 지지하고 격려하기만 할 뿐, 비판하지 않는다. 어반스케쳐 설립자인 가브리엘도 어반스케치는 결과보다는 과정이 중요하다고 말한다. 사실 어반스케치는 시간상 공간상 제약이 있기 때문에 결과물로만 따지면 다른 그림에 비해 떨어질 수 있다. 우리는 과정을 중요하게 생각하기에 그런 결과를 감수한다.

그러나 그 결과가 언제나 나쁜 것만은 아니다. 어반스케치는 그 나름의 고유의 미학이 있어서 제약이 없는 그림보다 더 좋은 그림이 될 수도 있는데, 이는 다음에 다루기로 한다. 이제 어반스케치 선언문 전체를 정리하면 다음과 같다.

〔어반스케쳐스 선언문〕

1. 우리는 실내 혹은 실외에서, 직접적 관찰을 통해 본 것을 현장에서 그린다.
2. 우리의 드로잉은 우리의 주변, 즉 우리가 사는 장소와 우리가 여행하는 곳에 대한 이야기다.
3. 우리의 드로잉은 시간과 장소의 기록이다.
4. 우리가 본 장면을 사실적으로 그린다.
5. 우리는 어떤 재료라도 사용하며 각자의 스타일을 소중히 여긴다.
6. 우리는 서로 격려하며 함께 그린다.
7. 우리는 온라인에서 우리의 그림을 공유한다.
8. 우리는 한 번에 그린 한 장의 그림으로 세상을 보여준다.

결론적으로 어반스케치란 현장에서 그린다는 점 말고는 별다른 제약이 없고, 각자 개성대로 그리면 된다. 온라인에서 공유하고 교류하는 것이 큰 특징이기는 하다. 이는 현대적인 상황에 잘 맞으며, 아마 온라인 공유가 없었으면 어반스케쳐스 조직이 이렇게 갑자기 커지지는 못했을 것이다.

어반스케쳐스 본부는 예전에는 선언문 1조를 많이 홍보했는데, 요즘에는 8조를 많이 인용한다. '우리는 한 번에 그린 한 장의 그림으로 세상을 보여준다.' 얼마나 멋진 일인가! 만약 한 장의 그림으로 미처 다 보여주지 못하면 글을 쓰는 것도 좋은 방법이다. (2022. 4. 17.)

있다. 언뜻 보면 양 떼들이 그 현수막을 스크린처럼 보는 것 같기도 하고, 콘서트에 우르르 몰려가는 것 같기도 하다. 그래서 정했다. 이번 그림의 제목은 〈양떼를 위한 콘서트〉.

이렇게 스케치한 뒤 거기에 스토리를 만드는 것이 재미있다. 또한 스토리가 있는 그림이 좋은 그림이라고 생각한다. 다른 사람 그림에서도 재미있는 스토리를 찾는데, 찾다 보면 많이 발견하게 된다. 다음에 겸재 정선의 그림에서 내가 찾은 스토리에 대해 써야겠다. (2022. 4. 25.)

스케치 모임에는 옷보다도 신발을 예쁜 걸 신고 가야 된다. 이렇게 인증샷을 찍으니까.

어반스케쳐들은
왜 골목길을 좋아할까

화전동 벽화마을에서《존 러스킨의 드로잉》을 생각하다

이번 주 드로잉은 고양시 화전동 벽화마을에서 하기로 했다. 고양시에는 꽃밭이라 불리는 예쁜 마을이 있다. 화전(花田)동이다. '화전'은 예로부터 수도 한양이 가깝고 많은 관리가 지나가던 교통의 요지여서, 이곳에 꽃을 많이 심어 화전이 되었다고 전해진다.

화전에 대한 다른 유래도 있다. 이 지역은 원래 육지에서 바다로 튀어나온 곳의 바깥쪽이어서 '곶밖'이라 불렸는데, 그 '곶밖'과 음이 비슷한 '꽃밭'의 한자 표기로 '화전'이 되었다고 한다.

화전동에는 항공대학교와 30사단이 있는데, 그린벨트에 군사시설보호구역 등 온갖 규제로 개발이 지연되어 세월이 멈춘 곳이 되었다. 2011년부터 주민들이 나서서 낡은 골목길을 벽화로 조성하기 시작해 지금은 벽화 전체 길이가 약 4km에 달한다. 이곳은 도시재생의 대표적 사례로 경기도 우수 벽화마을로도 선정되었고, 예능 프로그램인 '런닝맨' 촬영으로 유명해지기도 했다.

벽화길은 벽화꽃길, 동화길, 힐링길, 무지개길, 달맞이길 등 코스별로 나누어져 있는데, 골목마다 저마다의 이야기로 넘쳐난다. 우리가 만나기로 한 곳은 산마루 슈퍼인데, 슈퍼 아래쪽은 이미 신축 연립이 다 들어서 있고, 슈퍼 위쪽이 달맞이길이다.

이 길 뒤쪽으로는 해발 179.4m의 망월산(望月山)이 있는데, '달을 바라보는 산'

달맞이길 초입의 골목길이 예쁘다. 달맞이길은 좁은 골목길로 동네가 연결되어 있다.

이라는 뜻이다. '달맞이길'의 이름도 망월산과 어울리는 이름으로 정해진 듯하다. 이곳에서 바라보는 저녁노을이 특히 아름답다고 한다. 달맞이길은 좁은 골목길로 동네가 연결되어 있다. 골목길을 올라가면 '은적사'라는 절이 나온다. 부처님 오신 날 현수막이 걸려 있고 연등이 달려 있다. 은적사 앞에 약간의 공터가 있어서 다른 스케쳐들 몇 분이랑 자리를 잡았다.

존 러스킨이 드로잉을 강조한 이유

어반스케쳐들은 유난히 골목길을 좋아한다. 왜 번듯한 거리보다 후미지고 꼬불꼬불한 골목을 좋아할까? 그런데 이런 곳을 좋아하는 것은 우리나라 스케쳐들뿐만은 아닌 것 같다.

존 러스킨(John Ruskin, 1819~1900)은 런던에서 태어나서 옥스퍼드에서 공부했다. 그는 당대의 대표적인 예술 평론가였으며 몇몇 화가들을 재평가하여 이름을 떨쳤다. 그는 인생 후반부에 사회사상가로 변모해 당시 영국 사회의 심각한 불평등과 모순을 신랄하게 비판했으며, 마하트마 간디가 그의 사상에 크게 영향을 받았다.

그는 미술 이론가였을 뿐 아니라 화가이기도 했다. 우리나라로 따지면 미술

화전동
벽화마을 Qandy

달맞이길 초입의 골목. 채색은 색연필로 했다. 색연필은 힘들여 그렸다는 느낌을 주지 않아서 좋다.

공항에서 시작되는
여행 스케치

가족 어반스케쳐스, 제주로 날아가다

아들 둘과 딸 하나가 올해로 구순이 된 어머니를 모시고 제주도 여행을 가기로 했다. 작년부터 어반스케쳐가 된 여동생과 그림에 관심을 보이는 남동생이 동행하는 이번 여행의 테마는 가족 어반스케쳐스다. 코로나로 꽁꽁 묶여 있던 여행이 슬슬 풀리는 시점이라 어렵게 비행기 표를 구했다.

여행 스케치는 비행기 그리기부터 시작한다
공항 전경을 그리려고 일찌감치 김포공항에 도착해서 서둘러 탑승수속을 마쳤다. 우리 탑승구는 9번 게이트다. 우리는 비행기가 가장 잘 보이는 곳에 자리를 잡았다.

우리가 탈 비행기는 에어버스 A220-300기종이다. 이 기종은 140여 석의 비교적 소형 비행기인데, 연비가 매우 좋아 코로나로 항공 수요가 감소했을 때 각 항공사가 선호한 기종이었다고 한다. 오늘 활주로에 유난히 이 기종이 많이 보인다.

대기하던 비행기에 화물 적재가 끝나자 노란색 특수차량이 비행기 앞바퀴에 긴 봉을 대고 비행기를 밀어서 후진시키고 있다. 그리고 보니 비행기는 자력으로는 후진할 수가 없나 보다. 출력을 줄여서 운행하면 전진은 가능하지만, 후진은 불가능하니까 밀어서 후진시키는 것 같다.

이런 생각을 하다가 '그런데 우리 비행기는 왜 안 오지?'라는 생각으로 이어

지는 순간… 같이 그림을 그리던 동생이 갑자기 다급하게 소리쳤다. "오빠, 우리
늦었어!" 알고 보니 우리가 탑승할 게이트는 9번 게이트인데, 10번 게이트에서 그
림을 그리고 있었다.

화구와 펜을 가방에 쓸어 담고 뛰기 시작했다. 다행히 아슬아슬하게 비행기
를 탈 수 있었다. 요즘은 제주도에 가는 비행기들이 거의 풀 부킹이라 그 비행기
를 놓쳤다면 여행을 못 갈 뻔했다는 사실을 생각하니 식은땀이 났다.

에어버스 A220-300. 작업자들이 화물 적재를 끝내고 비행기를 후진시킬 준비를 하고 있다.
오른쪽 아래 노란색 차가 후진시키는 차다.

사진 예술의 큰 바다, '큰바다영' 갤러리

탑승으로 액땜을 한 덕인지 그 후 일정은 모두 순조로웠다. 여행지를 선택하는
것도, 날씨도, 식당에 가는 것도, 주차장 사정도 마치 보이지 않는 누군가가 옆
에서 도와주는 듯 맞아떨어졌다. 그런데 그중에서도 우리가 가장 만족했던 것
이 우리가 묵었던 '큰바다영(瀛)'의 게스트 하우스였다.

이곳은 사진작가 고영일(1926~2009)을 기리기 위해 그의 가족들이 만든 사진 갤러리다. 큰바다 '영(瀛)'은 제주도의 옛 명칭 영주(瀛洲)에도 들어가고 고영일 작가의 이름에도 들어가는데, 이 공간이 사진 예술의 큰 바다가 되었으면 좋겠다는 바람이 담겨 있다.

사진예술공간 '큰바다영'은 건입동 주민센터 맞은편에 있는데, 제주항이 한눈에 내려다보이는 곳이다. 이 건물 바로 옆에는 재물과 복의 신 '동자복(東資輻)'이 있다. 돌하르방처럼 생긴 이 미륵불은 옛 제주성의 동쪽에 있어서 '동자복'이라고 하고, 서쪽에도 비슷한 미륵불이 있는데 '서자복'이라고 불린다.

고영일 작가는 제주도의 자연과 생활 그리고 인물을 줄기차게 찍었다. 아버지 고영일 작가님이 돌아가신 후 아들 고경대 작가는 엄청난 양의 아버지 사진을 정리하다가 아버지가 사진을 찍은 그 자리에 가서 사진을 찍기 시작했다.

그 작품들을 모아서 전시를 했는데, 나도 그 전시에 갔었다. 나란히 전시된 아버지 작가의 작품과 아들 작가의 작품을 보면 말이 필요 없는 감동이 몰려온다. 어떤 풍경은 나무 하나 돌멩이 하나도 그대로인 곳이 있고, 어떤 곳은 형태를 알아볼 수 없게 변한 곳도 있다. 세월의 흔적이 두 사진에 고스란히 담겨 있는 것이다.

사실 고경대 작가가 학교 선배라서 '큰바다영'의 게스트 하우스를 이용하게 되었는데, 가족 사진작가 갤러리에서 가족 어반스케쳐스가 묵은 것도 의미 있는 일인 것 같다.

아침 일찍 일어나서 '큰바다영' 갤러리를 그리려고 길 건너편에 가서 앉았다. 그림을 그리고 있는데, 지나가던 아저씨가 구경하다가 말을 붙인다.

아저씨 : "그림 잘그리시네에. 뭐 좀 한마디 해도 되겠습니까?"
나 : "아, 네… 하세요."
아저씨 : "이 옆에도 선을 끄어야 안 되겠습니꺼?"

'큰바다영' 설계는 동자복을 참고하였다고 한다. '큰바다영'이 동자복을 바라보는 것 같다.

나 : "아, 이 부분은 각진 것이 아니고 둥글게 되어 있어서 채색할 때 여기를
　　약간 밝게 그리려고요."
아저씨 : "아, 그렇습니꺼?"

그때부터 이 아저씨가 쪼그리고 앉아 이런저런 이야기를 풀어놓는다. 이분
은 대구에서 트럭으로 화물 배달을 왔는데, 배 시간이 안 맞아 2시까지 시간을
때워야 한다는 것이다. 이 동네 갈 만한 곳이 어딘지 물어보시더니, 그 자리에서
30분이나 시간을 때우고 간다. 그림을 그리다 보면 가끔 지나가던 사람이 말을
붙이는 경우가 있는데, 그것을 불편하게 생각하는 사람도 많지만 나는 재미있게
생각한다.

민간 신앙의 대상으로 남아 있는 동자복
그다음 날 아침에는 동자복을 그렸다. 동자복과 돌하르방은 비슷한 모습이다. 동
자복을 모방해서 하르방을 만들었다는 설도 있고, 반대로 하르방을 모방해서 동

자복을 만들었다는 설도 있다. 동자복의 싱긋 웃는 미소가 장난스럽다. 동자복이 지금도 신앙의 대상이 된다는 것을 표현하기 위해서 주변의 집들을 그렸다.

노인 한 분이 오셔서 차를 올리는데, 그 광경이 너무 정성스러워서 말을 붙였더니 말을 안 하고 손사래만 친다. 말을 못 하는 분이라고 혼자 생각했는데, 이분이 동자복 앞에 고개를 숙이더니 일본말로 기도를 드리는 것이 아닌가. 그 다음에도 몇 분이 기도를 드리러 오는 걸로 보아서 아직 민간에서는 동자복이 영험 있는 불상으로 살아있다는 것을 알 수 있었다.

집으로 올라오는 날 갤러리에 그림을 기증했다. 고경대 선배가 너무 좋아해서 나도 기분이 좋았다. 그림을 그려서 누구에게 주는 것도 내가 그림을 그리는 중요한 이유 중의 하나다.

비싼 선물을 하는 것도 좋겠지만, 내가 직접 그려서 주는 것은 또 다른 의미가 있다. 나에게는 그림을 판매하든 기증하든 별 차이는 없다. (2022. 5. 4.)

사진예술공간 '큰바다영'. 갤러리도 검은색 타일이고 주변 현무암도 검은색이라서 흑백으로 그렸다. 이런 경우 하늘을 그리기가 어려운데 옅은 물감으로 자연스럽게 처리했다. 건물 코너 부분은 그러데이션으로 그려서 펜 선을 넣지 않아도 된다.

사진예술공간 큰바다영
@andy

東資福 - 吳

동자복도 흑백으로 그렸다. 동자복을 모방해서 하르방을 만들었다는 설도 있고 그 반대도 있다.
싱긋 웃는 미소가 장난스럽다. 지금도 신앙의 대상이 된다는 것을 표현하기 위해서 주변의 집들을 그렸다.

성모상 만들던 작가가 만든
관세음보살상

맑고 향기로운 청정도량 길상사

김영한은 1916년 서울 종로구 관철동에서 태어났다. 아버지가 돌아가신 후 갑자기 가세가 몰락하자 16세의 나이로 조선 권번(일제강점기의 기생 조합)으로 들어가 기생이 되었다. 권번에서 정악전습소 학감이었던 하규일 선생이 그녀를 문하생으로 받아들였다. 3년간의 혹독한 훈련 끝에 선생은 그녀에게 '진향'이란 기명을 내렸다.

스물두 살의 그녀에게 새로운 인연이 생겼다. 첫사랑이자 평생의 연인 백석이었다. 백석은 일본에서 영문학과를 졸업한 촉망받던 시인이었다. 게다가 훤칠한 키와 잘생긴 외모로 뭇 여성들의 선망의 대상이었다. 둘은 첫눈에 반했다. 백석은 이태백의 시에 나오는 이름을 따 그녀에게 '자야'라는 이름을 지어줬다.

　　김영한에 따르면 둘은 서울 종로구 청진동에서 살림을 차렸다고 한다. 그러나 그들은 부부가 될 수 없었다. 기생이라는 신분이 걸림돌이었다. 백석은 홀로 만주로 떠났다. 그리고 한국전쟁으로 남북이 갈라지면서 두 사람은 영원한 이별을 맞았다. 백석 시인은 북한에서 1996년에 돌아가셨다.

백석의 빈자리를 메우기 위해서일까. 그녀는 공부에 매진해서 만학도로 영문학을 전공했다. 그리고 이름을 '김숙'으로 바꾸고는 사업 전선에 뛰어들었다. 1955년, 김숙은 바위 사이 골짜기에 맑은 물이 흐르는 성북동의 한식당 '청암장'을 사들였다. 그녀는 이곳에서 '대원각'이라는 이름으로 한식당을 운영하였지만, 사실 그곳은 유력 정치인들과 재력가들이 드나드는 요정이었다. 대원각은 3공화국 시절 요정 정치의 산실이었다.

요정 '대원각'에서 청정도량 '길상사'로

1987년 그녀는 법정 스님의 책 〈무소유〉를 읽고 대원각을 시주해 사찰로 만들겠다고 결심한다. 대원각은 당시 시세로 1천억 원 정도의 가치를 지니고 있었다. 처음에 법정 스님은 김영한 여사의 청을 사양했다.

그러나 김영한 여사는 근 10년을 법정 스님에게 무주상보시(無主相布施, 집착 없이 베푸는 보시)를 간청했다. 1996년 법정 스님은 비로소 그녀의 청을 받아들인다. 대원각을 시주받아 '맑고 향기롭게' 운동의 근본 도량으로 삼기로 했다. 그렇게 요정 '대원각'은 청정도량 '길상사'로 탈바꿈했다.

1997년 12월 봉행된 길상사 개원법회에서 법정 스님은 김영한 여사에게 염주 한 벌과 함께 '길상화'라는 법명을 지어주었다. 그로부터 불과 2년 후인 1999년 11월, 그녀는 육신의 옷을 벗었다. 김영한도, 진향도, 자야도, 김숙도 다 내려놓고 가셨다. 그녀의 유언대로 눈이 많이 오는 날 그녀의 유골이 길상사 경내에 뿌려졌다.

1999년 여름 법정 스님이 성모상 조각으로 유명한 최종태 조각가를 찾아왔다. 최 작가는 이때를 다음과 같이 회상한다.

> "30대 후반 어떤 작품을 해나갈 것인가 고민할 때 반가사유상이 내게 왔다. 반가사유상이 상징하는 정신적 아름다움을 보고 '아, 이거다!' 싶었다. 언젠가는 관음보살상을 만들고 싶다는 마음이 들었다. 누가 이 얘기를 법정 스님에게 한 모양이다. 그가 '잘됐다' 하며 즉시 우리 집으로 왔다."
>
> (출처 : 〈아흔 번째 성탄 맞이도 인생이 뭔지 모르겠다… 그저, 하늘에 조각 한 점〉 남정미, 조선일보, 2021. 12. 25.)

전 세계에서 가톨릭교회만큼 건물을 짓는 노하우를 가진 집단이 또 있을까. 카타콤부터 시작한 교회 건축은 전 세계 없는 곳이 없고, 그 역사도 길다. 우리나라의 천주교 성당 건축을 보면 항상 느끼는 것인데, 기능적이면서 단정하고 검소하다. 어떻게 보면 세상 모든 건물의 표본이다.

1980년대부터 최종태 조각가가 성모상을 만들면서 아름다운 건물에 아름다운 성모상이 더해졌다. 단순하고 소박한 데다 한국적 미를 잘 녹여낸 최 작가의 작품으로 한국의 교회 건축이 한 단계 올라간 것 같다. 그런 분이 관세음보살상을 만든 것이다.

성모님을 찾아 절에 온 가톨릭 신자들

부처님 오신 날에 가장 잘 어울리는 불상을 생각하며 길상사로 향했다. 한성대입구역에서 내려서 성북 02 마을버스를 탔다. 길상사는 부처님 오신 날 준비로 한참 분주하다. 연등은 물론 미리 달아났지만, 작업자들이 연못에 연꽃을 심고, 사다리를 놓고, 전기선을 손보고 있다.

관세음보살상을 여러 각도에서 보았다. 참 아름답다. 이 불상에서 국보 83호 반가사유상이 보인다. 관세음보살상 앞에, 마당 한가운데 의자를 펴고 스케치를 했다. 한 무리의 여성들이 먼저 와 있던 부부를 만났다. 그들은 모두 천주교 신

부처님 오신 날을 맞아 연등이 걸려 있다. 연등도 예쁘지만 바닥에 비친 연등 그림자가 더 예쁘다.

자로 같은 성당에 다니고 있었다.

"아이고 자매님, 여기 웬일이세요?"
"네, 여기 성모님이 있다고 해서 왔어요."
"여기 성모님은 안 계시는데…"

내가 끼어들었다.
"이 조각상 보러 오셨구나. 이 불상이 성모님 많이 조각하시는 최종태 조각가
님 작품이에요."
"아, 그렇구나… 하긴 모든 종교는 끝까지 가면 다 만난다고 하더라고요."

이들은 거기서 성모님 아닌 불상을 한참 보고 떠났다. 끝까지 가면 성모상
이든 불상이든 무슨 상관이랴.

스케치를 마치고 절 경내를 다시 돌아봤다. 이 절은 일반 건물을 개조했기 때문
에 보통 절과는 배치가 다르다. 관세음보살상이 우리를 맞아주는 것도 그렇고,
보통 절집은 본채 앞에 탑을 두는 데 비해 이 절은 탑을 본채와 멀리 떨어진 설
법전 오른편에 따로 터를 만들어 두고 있다. 탑 놓을 자리가 마땅치 않았나 보
다. 그래도 모든 건물이 잘 조화를 이루고 있다.
　길상사가 생긴 지 얼마 안 되어 온 적이 있었다. 그때 수행자들이 얼마나 수
행해야 그동안 이 터에 쌓인 업이 씻겨나갈까 생각했었다. 이번에 와보니 그런
것은 흔적도 없었다. (2022. 5. 8.)

길상사에 가면 최종태 작가가 만든 관세음보살상이 우리를 맞아준다.

행주산성은 매주 월요일 휴관인데…
이렇게나 많이 모였습니다

행주산성 구비와 재건비의 조화… 땡볕 아래서 담다

이번 월요 드로잉은 행주산성에서 진행했다. 행주산성은 매주 월요일은 휴관인데 어떻게 거기 모여서 그림을 그렸을까?

5월 초, 고양시청 관광과에서 연락이 와서 관계자를 만났다. 관광과에서는 내 기사를 보고 '어반스케쳐스 고양'이 생긴다는 것을 알게 됐고, 그래서 연락했다고 한다. 난 어반스케쳐스 활동에 대해서 자세히 설명했고, 지역사회에서 같이 할 수 있는 일은 협조해서 하기로 했다. 그중 첫 번째가 행주산성 휴무일에 어반스케쳐를 위해 행주산성을 개방하고 이를 그리기로 한 것이다.

특별한 행사인 만큼 많은 스케쳐들이 모였다. 고양시 스케쳐들 뿐만 아니라 인천, 파주, 의왕, 성남, 서울 등 멀리서도 많이 왔다.

행주산성은 덕양산에 위치하고 있다. 덕양산은 해발 125m에 불과하지만, 한강을 끼고 있고 주변이 평야 지대라서 예로부터 군사적 요충지였으며, 한양 4외산(外山)에 속한다. 덕양산에는 원래 토성이 있었다고 알려졌는데, 최근에 산 정상 부근에서 석성이 발견되기도 했다.

이곳은 권율 장군이 1593년(선조 26년) 행주대첩을 이룬 곳이다. 장군은 왜군에게 빼앗긴 서울을 되찾기 위해 군사 2,300명을 거느리고 행주산성에 진을 친 후 일본군 3만여 명과 치열하게 격전을 벌여 압도적 승리를 이끈다. 행주대첩은 임진왜란 3대 대첩 중의 하나로 서울에 있던 일본군이 삼남 지방으로 내려가고,

수세에 몰렸던 우리 군이 공세로
전환하는 결정적 전기가 됐다.

장군께서 돌아가신 지 1년 후
인 1602년, 장군의 부하들은 산
정상 부근에 행주대첩비를 세웠
다. 이를 새로 만들어진 비와 구
별하기 위해서 '구비(舊碑)'라고
하는데, 비문은 최립이 짓고 글
씨는 당대 최고 명필 한석봉이

오른쪽 대첩비각 안에 구비가 있고 왼쪽이 재건비이다.

썼으며 끝의 추기는 사위인 이항복이 지었다.

지금의 정상부 기념비는 1963년에 세운 것으로 '재건비'라고 칭한다. 1970년
에 권율 장군의 사당인 '충장사(忠莊祠)'를 건립하였고 무너진 재건비를 다시 세
웠다. 그리고 충의정, 덕양정, 진강정 등과 정문인 대첩문도 함께 세우는 대대적
인 보수 공사를 했다.

구비와 재건비를 같은 프레임에 그렸다

행주산성이 가까이 있음에도 자주 오지 못했는데, 오늘 좋은 기회가 왔다. 다른
스케쳐들과 앞서거니 뒤서거니 대첩문에 들어서니 가파른 언덕길이 이어진다.
생각해보니 여기는 산이 아닌가. 올라가는 중간쯤에 권율 장군님 사당인 충장
사로 들어가는 길이 있다.

가는 길에 보이는 방화대교나 행주대교 전경도 좋고 주변 경관도 그릴만 하
지만, 나는 처음부터 행주대첩비를 그리려고 마음을 먹었다. 거의 정상 부근에
전망이 좋은 '덕양정'이 있고 최정상에는 '행주대첩 재건비'가, 그 옆에는 '구비'가
있다.

'재건비'는 오벨리스크처럼 우뚝 솟아있어서 시선을 끈다. 큰 글씨는 박정희 전
대통령이 썼고 비문은 서희환 선생님의 글씨다. 박정희 전 대통령은 예술적 재

능이 출중해서 붓글씨도 잘 쓰고 그림도 잘 그렸다고 한다.

비문을 쓴 서희환 님은 소전(素) 손재형에게 사사했는데, 독특한 한글 서체를 개발하였으며, 1960~1980년대 한국을 대표하는 한글 서예가였다. 그는 세종대 교수를 역임하고 각종 미술전의 심사위원도 역임했으며, 특히 비문과 비석 현판을 많이 썼다. 내가 가장 좋아하는 한글 서예가 중 한 분이다.

서희환 님은 비문뿐 아니라 대첩문, 덕양정, 대첩비각 등 산성 안에 있는 현판은 모두 쓰셨다. 그런데 구비의 보호각인 대첩비각 안에 조그만 현판이 걸려있는데 행주산성을 보수할 때 담당 공무원이라든지 참여업체 사장 이름 등이 적혀 있다. 최고의 아티스트가 공사 완료 표지판 같은 것을 쓰다니. 요즘 같으면 상상하기 어려운 일인데, 그때라서 가능한 일이었을 듯하다. 서희환 님 글씨는 여러 글자가 어우러져야 멋있는데, 현판 글자는 고작 서너 자에 불과하니 그의 멋진 글씨가 돋보이질 않는다. 내 눈에는 힘을 빼고 쓴 비각 안의 글씨가 가장 멋있으니 이 무슨 아이러니인가.

박정희 전 대통령도 손재형 님에게 서예를 배우셨는데, 청와대에서 수업을 했다고 한다. 재건비 비문을 쓴 박정희 전 대통령도, 현판을 쓴 서희환 님도 같은 스승을 모시고 있었던 것이다.

산성 정상 부분을 몇 바퀴를 돌았다. 그런데 구비와 재건비를 한 프레임에 넣고 그릴 수 있는 자리에는 그늘이 없다. 좋은 작품을 그리기 위해 예술혼을 불태우며 땡볕에 앉았다. 행주산성은 굵은 나무도 많고 좋은 그늘도 많지만, 여기는 정상 부분이라 햇빛 아래서 그리는 것을 감수해야 한다. 조금 그리다 보니 그늘에서 그리는 스케쳐들이 부러워진다. 그래도 나는 신구 대첩비가 한 프레임에 들어간 이 구도가 마음에 든다.

2시 반에 충장사 앞에서 포토타임을 가졌는데, 우리 스케쳐들은 참으로 다양한 시선으로 행주산성을 그렸다. 행주산성 스케치에 맞춰서 광목으로 행주치마를 만들어온 분이 있어서 다들 돌아가며 행주치마를 입고 사진을 찍는 즐거운 퍼포먼스를 했다. (2022. 5. 13.)

행주대첩비 구비와 재건비를 한 프레임에 넣었다.

그날 그린 그림을 감상하고 사진을 찍는다. 계단이 있어서 전시하기 좋았다.

포도호텔에서 그린
1인칭 그림

자신의 그림 속으로 들어간 겸재 정선

가족 어반스케쳐스 여행으로 제주도에 갔을 때 점심을 먹으러 포도호텔에 갔다. 포도호텔은 세계적인 건축가 이타미 준(Itami Jun)이 설계했는데, 제주의 오름과 초가집을 모티브로 만들어진 건물로 하늘에서 내려다보면 포도송이 같아서 붙여진 이름이다. 포도호텔은 핀크스 골프클럽에 속한 건물로 숙박료가 비싼 데다가 객실도 몇 개 안 돼서 거기서 묵기는 쉽지 않다.

그 대신 호텔 식당에 가서 우동을 먹기로 했다. 우동은 1인당 2만 5천 원인데도 인기가 좋다. 우리가 갔을 때 무려 한 시간 반을 기다려야 한다는 말을 들었지만, 어반스케쳐들은 기다림에 너그럽다.

"잘됐네, 기다리면서 그림 한 장 그리면 되겠다."

포도호텔 로비에 앉아 소파와 카운터를 그렸다. 그림 속에 자신의 손이나 발을 넣는 경우가 있다. 그런 그림이 재미있는 구도인데도 잘 그리게 되지 않는 이유는 이 각도에서 손을 그리는 것이 까다롭기 때문이다. 조금만 틀어져도 손이 이상하게 된다. 그래도 이런 구도로 그리면, 단순해질 수 있는 그림에 손발이 들어가면서 제법 흥미로운 그림이 된다.

포도호텔에서 그린 1인칭 관찰자 시점 그림. 흔히 손만 그리는데 발까지 그렸다. 소파 무늬가 자연스럽다.

소설의 1인칭 시점과 그림의 1인칭 시점

소설에서 독자에게 이야기를 전달하는 사람을 '화자(話者)'라고 한다. 주요섭이 1935년에 발표한 단편소설 《사랑방 손님과 어머니》를 보면 24살 과부 어머니와 사랑방 손님이 주인공이고, 두 사람의 관계를 서술하는 화자로 옥희가 나온다.

　옥희가 주인공이 아니므로 이런 경우 '1인칭 관찰자 시점의 소설'이라고 한다. 포도호텔 그림을 보면 앞에 보이는 소파와 카운터가 주인공이지만, 그림을 그리는 사람도 확실히 나타나 있다. 소설에서 1인칭 관찰자 시점과 비슷해서 나는 이런 그림을 '1인칭 관찰자 시점의 그림'이라고 이름 붙였다.

알퐁스 도데는 1885년 단편소설 《별》을 썼다. '나'는 젊은 시절 뤼브롱산에서 양치기 일을 했다. 세상과 고립되어 살던 '나'는 주인집 딸 스테파네트 아가씨를 흠모했는데, 산으로 심부름하러 왔던 아가씨가 강물이 불어 집에 갈 수 없게 되었고, 나는 아가씨가 쉴 수 있는 잠자리를 마련해주고 모닥불을 피우고 밖으로 나와 앉았다. 나는 누추할지언정 내 울 안에서 아가씨가 쉬고 있다는 사실이 자랑스러울 뿐이었다. 마음을 진정한 아가씨가 내 옆에 와서 별에 대한 이야기를 하면서 잠들었다. 나는 생각했다. 밤하늘의 가장 밝은 별 하나가 길을 잃고 내려와 내 어깨에 기대어 잠들었노라고.

　여기서 '나'는 화자인 동시에 주인공인데, 이런 경우를 '1인칭 주인공 시점'이라고 한다. 현장에서 그린 데다가 화가가 그림 속에 들어가 있으면 나는 이를 '1인칭 주인공 시점의 그림'이라고 생각한다.

자신의 그림 안으로 들어간 겸재

겸재 정선의 그림을 보면 자연과 건물 그리고 사람이 조화롭게 들어간 경우가 많아서, 현대의 어반스케쳐들 그림과 비슷하다고 느낀다. 조선 후기 회화를 많이 연구하신 미술사학자 이태호 명지대학교 교수님의 강의를 들은 적이 있는데, 겸재의 그림에 나오는 바위가 남근을 형상화한 경우가 많다고 한다.

　듣고 보니 그럴듯하다. 겸재 선생님은 지위도 높고 그림 천재이기도 하지만,

PLACE /

고양 어린이박물관

창신동 안양암

소격동 학고재 갤러리

고양 능곡1904

천안 아리리오 조각광장

포천 국립수목원

인사동 입구

광화문 광장

성북동 수연산방

을지로 세운상가

약간 흐린 날이었지만 어린이박물관이니 하늘을 밝게 그렸다.

기사도 쓴다. 스토리가 중요한 이유, 그림에 스토리를 넣는 방법에 대해서는 다음에 다루기로 한다.

　좋은 어반스케치는 디테일, 스타일, 스토리다. (2022. 6. 7.)

We Draw Together!
함께 그리는 것보다 멋진 건 없어!

사찰 전체가 문화재인 안양암

세 번째 토요일은 서울 챕터 정기 모임이 있는 날이다. 이번 모임은 좀 특별한데 창신동 채석장 전망대 부근에서 스케치를 하고, 그날 그린 그림을 카페 낙타에서 전시하는 이벤트를 진행한다. 코로나도 끝나가고 계절도 좋고 해서 사전 예약이 무려 100명을 넘었다. 소풍 가기 전날 들뜬 마음으로 잠을 못 이루는 초등학생처럼 나도 잠을 설쳤다.

아침에 일어나 카톡을 보니 오전 7시에 벌써 창신동에 도착한 스케쳐도 있다. 나도 서둘러 집을 나섰다. 지난번에는 창신역에서 내려 고갯길을 걸어 올라갔지만, 이번에는 동묘역에 내려서 마을버스를 타고 채석장 전망대에 도착했다. 벌써 많은 스케쳐들이 와있다

극락에 가기 위해 사람들이 거쳐야 하는 곳, 안양(安養)

전망대 근처는 몇 번 그려 봤기 때문에 오늘 내가 그리려는 곳은 안양암이다. 안양(安養)은 불교 용어로 마음을 편안히 하고 몸을 쉬게 한다는 뜻, 즉 극락에 가기 위해 사람들이 거쳐야 하는 곳이다. 참고로 경기도 안양시도 같은 뜻에서 유래했다.

안양암은 1889년 성월대사가 창건했으며 한국불교미술관의 별관으로 석감마애관음보살상, 대웅전 아미타후불도, 아미타괘불, 지장시왕괘불 등 유형문화재와 문화재 자료 18건 등 1,560점을 소장하고 있으며 사찰 전체가 문화재다. 올해

사찰 전체가 문화재인 안양암. 절이 민가를 업고 있는 듯해서 인상적이었다.

부터 화재로 소실된 건물 복원사업을 시작한다.

카페 낙타에서 그림 그릴 종이를 받아 들고 가파른 길을 내려갔다. 내려가는 길 요소요소마다 스케쳐들이 진을 치고 그림을 그리고 있다. 골목을 찾아찾아 안양암에 도착하니 7시에 먼저 온 스케쳐가 그림을 마치고 일어서고 있다.

나도 그림을 그리려는데 안양암 이사장님이 나오셔서 차를 대접해주시고 절의 유래에 대해 들려주셨고, 평소 개방하지 않는 명부전 내부도 보여주셨다. 명부전 안에는 작은 도자기로 제작된 1,500여 분의 불상이 있는데, 모두 조선 왕가의 보물을 안에 넣고 봉인해 두었다고 한다. 또 돌아가신 분들의 작은 위패도 있었는데, 십자가 그림이 그려진 위패가 있어서 이사장님께 여쭤보니 이 절은 원래 민간신앙 기도처에서 유래되어서 다른 종교의 위패도 모신다고 한다.

안양암에 들어오면 왼쪽에 보이는 큰 바위가 두꺼비바위다. 이 바위는 돌이 많은 낙산에서도 유독 영험한 기운이 있어서 예로부터 민간에서 기도처로 사용되었다. 그런데 1899년 두꺼비바위 옆에 절이 창건되고 명성황후의 기도처가 되면

왼쪽에 보이는 바위가 두꺼비바위고, 바위에 붙은 전각 안에 돌에 새겨진 부처님이 계시다.

서 절이 커지기 시작했다. 지금 창신초등학교와 절 주변 일대가 모두 안양암 소유였다고 하며, 황실의 보물을 이곳에 보관했다고 한다.

이사장님의 설명을 듣고 다시 절을 돌아봤다. 대웅전과 산신각에 해당하는 금륜전도 보고 절 뒤쪽의 두꺼비바위 머리에 있는 자연 동굴도 들어가 봤다. 안양암에서 가장 인상적인 곳은 1909년 만들어진 돌부처상이 있는 관음전이다. 이 부처님은 현대적인 이목구비에 잘생긴 얼굴, 게다가 멋진 수염까지 기르고 계시다. 영험한 두꺼비바위에 새겨진 불상이라 인기가 많으실 것 같다.

보살님들과 함께한 점심 공양

절 내부가 공사 중이라 파헤쳐 놓은 마당에 자리를 펴고 앉았다. 한참 스케치하고 있는데, 보살 한 분이 오셔서 점심 공양을 하라고 하신다. '보살'이란 여성 불자를 높여 부르는 말이다. 스케치는 잠시 접고 다른 보살님들과 함께 점심 공양을 했다. 비빔밥에 찬으로 전을 주셨는데 맛있게 먹었다. 내 앞으로 나이가 아주 많으신 보살 한 분이 앉으셨다.

"보살님, 여기 두꺼비바위가 있어 사람들이 기도처로 좋아할 것 같은데, 어떤 기도를 잘 들어주셔요?"
"응, 내가 아는 분이 딸을 여의지 못해 걱정이 많았는데, 여기서 기도하고 박 씨를 만난다는 소리를 듣고는 바로 딸이 박 씨랑 결혼했어."

딸을 시집보내는 기도가 잘 먹힌다고 하니 나도 구미가 당긴다. 그런데 그 보살님이 옆에서 공양하고 있는 젊은 보살님들 몇 분에게 농을 던진다.
"아니, 이 보살님들은 기도할 때는 안 보이더니 공양할 때가 되니까 나타나시네."
그때 주지 스님이 나타나서 한마디 하신다.
"이분들 아침에 나랑 108배하고 요 앞 봉제 공장에서 일하다 지금 공양하러 오신 거예요."

부처님은 어디에나 있다. 점심 공양을 마치고 안양암을 그렸다. 보통 절은 산의 정상 부근에 있으면서 아래 민가를 내려보고 있는데, 안양암은 반대로 산꼭대기에는 민가가 있고 절이 그 아래 있다. 절이 민가를 업고 있는 것 같은 형상이라 흥미로웠다. 내가 그림 그리는 모습을 옆에서 지켜보면서 말씀을 나누던 주지 스님과 이사장님도 외출을 하셨고 보살님들도 퇴근하셨다. 나 혼자서 주인 없는 절에 남아 스케치를 마쳤다.

스케치를 마치고 전망대로 올라가는데, 마치 길에 어반스케쳐들을 흩뿌려 놓은 것 같다. 골목마다 스케쳐들을 만났다. 여러 번 만난 스케쳐는 여러 번 만나서 반갑고, 처음 본 스케쳐는 처음 봐서 좋다.
카페 낙타 옥상에 올라가서 아래 전경을 색연필로 그렸다. 그런데 아뿔싸, 옆

작품 전시를 하고 있는 스케쳐들. 보는 사람도 즐겁다. ⓒ 리피디 이승익

사람들과 웃고 떠들다가 초록색 색연필을 아래로 떨어뜨리고 말았는데 도무지
찾을 수가 없다. 어쩔 수 없이 오늘 그림은 한 장만 내야겠다.

그림을 마치고 모두 모여 기념사진을 찍고 카페 낙타에 올라가서 각자 자기 그
림을 전시하는 이벤트를 했다. 작은 카페에 여러 사람이 모여 자신의 그림을 디
스플레이하고 다른 사람의 그림도 감상하느라고 야단법석이다.

　같은 광경을 보고 그려도 그림은 다 다르다. 그래서 그림이 좋다. 간단치 않
은 이벤트를 준비한 운영진도 대단하다. 디자인도 훌륭하고 진행도 잘한다. 그
리고 무엇보다 행사에 참여한 모두가 즐겁다. 전시장에 방명록이 있어서 이렇게
썼다.

　"We Draw Together! 함께 그리는 것보다 멋진 건 없어!" (2022. 6. 20.)

갤러리 지붕 위에 있는
사이보그 피에타

이용백의 〈피에타 ; 자기-죽음〉

광화문 동십자각에서 국립현대미술관을 지나 총리공관으로 올라가다 보면 학고재 갤러리 건물 위에 있는 조각이 눈에 확 띈다. 그 작품은 이용백 작가의 〈피에타〉다. '피에타(Pietà)'는 이탈리아어로 '슬픔, 비탄'을 뜻하며 성모 마리아가 십자가에서 내려진 예수 그리스도의 시신을 안고 비통에 잠긴 모습을 묘사한 것이다.

유명한 '피에타'로는 바티칸의 성 베드로 대성당에 있는 미켈란젤로의 〈피에타〉 조각상이 있다. 특별한 언급 없이 그냥 '피에타'라고 하면 보통 미켈란젤로의 작품을 말한다. 그 작품은 로마에 체류 중이던 프랑스 추기경의 의뢰로 만든 작품인데, 당시 미켈란젤로의 나이가 24세였다.

피에타상은 만들어진 때에도 장안의 화제였는데, 당시에 조각품은 주문 제작한 상품이었고 조각가의 서명을 남기지 않는 것이 상례였다. 그런데 피에타가 어린 미켈란젤로가 아니라 다른 사람의 작품이라는 소문이 돌자, 격분한 미켈란젤로가 밤에 몰래 성당에 들어가 자신의 이름을 새겼다고 한다. 하지만 미켈란젤로는 그날 성당을 나서면서 본 아름다운 밤 풍경에 "하느님께서도 이런 아름다운 작품에 당신의 이름을 새기지 않았는데 내가 이런 짓을 하다니…"라고 후회했다고 한다. 이후 그는 자신이 만든 작품에 서명하지 않았다.

〈피에타〉는 마리아가 너무 어리고 예쁘다거나, 신체 비율이 부적절하다는 등 많은 논란을 일으키기도 했다. 하지만 고전적 아름다움과 자연주의적 표현의 최

이용백의 〈피에타 ; 자기-죽음〉. 삼청동 학고재 갤러리 위에 설치되어 있어 지나가는 사람들의 눈길을 끈다.

정점의 명작으로 평가받으며 이후 수많은 작가가 미켈란젤로의 〈피에타〉를 따라 하거나 비판하거나 뛰어넘으려는 전범이 되었다.

이용백 작가는 1966년생으로 홍익대 서양화과와 독일 슈투트가르트 국립조형예술대학을 졸업했다. 학업을 마친 후에는 회화와 사진, 조각, 비디오에서 음향예술까지 다양한 작품을 선보였는데, 작품마다 무게 있는 주제와 참신한 표현으로 주목받았다. 특히 2011년 베니스 비엔날레 한국관 전시 작가로 단독 참가하면서 세계적인 주목을 받았다.

베니스 비엔날레는 2년마다 열리는 세계에서 가장 큰 미술 전시인데 주제별, 작가별 전시장이 있고, 각 국가를 대표하는 국가관이 따로 있다. 국가관은 각 나라가 전시장을 지어서 전시하는데, 국가관 부지가 한정되어 있다. 한국은 1995년 마지막 남은 부지에 26번째 국가관을 지었다. 베니스 비엔날레 국가관 출품 작가는 미술계의 국가대표 격이라 작가를 선정하는 과정이나 선정 결과가 큰 화제가 되곤 한다. 국가관에 출품하는 것, 게다가 단독으로 출품하는 것은 곧 세계적인 작가가 되었다고 생각해도 무방하다.

나도 예전에 우리나라 조각가들과 함께 베니스 비엔날레를 보러 간 적이 있었는데 세계적인 미술 축제가 바로 이런 것이구나 하는 것을 느꼈다. 그러지 않아도 관광객이 많은 베니스에 넘치는 출품 작가들과 관람자들로 도시 전체가 흥분의 도가니였다.

다양한 해석이 가능한 이용백의 〈피에타〉

삼청동 피에타의 정확한 제명은 〈피에타 ; 자기-죽음〉인데, 이에 대한 이용백 작가의 말을 들어보자.

학고재 갤러리 위에 설치된 피에타

　홍대에서 조각 수업을 들었는데, 조각 몰드를 떠서 석고로 감아놓은 엉성한 모습이 너무 아름다운 거예요. (중략) 그런데 알맹이 조각을 완성하면 그 몰드를

다 버리는 거예요. 언젠가 이걸로 작품을 해야겠다고 생각했어요. 피에타는 마리아가 죽은 자기 아들을 안고 있는 모습인데, 내 작품은 몰드가 알맹이를 안고 있는 거잖아요. 미술사적으로 해석하면 몰드가 생산품인 예술품을 바라보는 거죠. 예술의 죽음, 자기의 죽음, 자기가 죽은 자기를 바라보고 있는 이런 복잡한 시선.

(출처 : MMCA 이용백 작가와의 대화)

이용백 작가는 거푸집인 몰드가 자신의 생산품을 보고 슬퍼하는 작품이라고 하지만, 반대의 해석도 가능하다. 그의 작품에서 마리아에 해당하는 몰드는 일견 사이보그처럼 보이는데, 사이보그는 인간의 피조물이고, 인간의 피조물이 인간을 안고 슬퍼하는 것처럼 보이기도 한다. 이렇게 여러 가지 해석이 가능한 다의적(多義的, polysemic) 작품이야말로 명작의 조건이다. 게다가 학고재 갤러리에 세워진 피에타는 그 위치로 인해 보는 이에게 더 큰 충격을 준다.

안국역에서 내려 〈피에타〉를 그리러 가는데 6월의 태양이 이글이글하다. 만약 인류가 멸종한다면 그것은 기후 위기 때문일 것이라는 이야기를 들었는데, 정말 지구가 너무 뜨거워진다. 국립현대미술관을 지나 학고재 갤러리 앞에 도착했다. 요즘 경복궁, 삼청동, 청와대 앞은 정말 핫하다. 코로나로 인한 외출 제한이 풀리고, 청와대 개방으로 엄청난 사람이 몰려든다. 외국인 관광객도 눈에 띄게 늘었다.

오늘은 평일 낮인 데다가 날씨가 너무 더워서인지 사람이 별로 없다. 학고재 갤러리 앞 벤치에 앉았다. 벤치가 바로 마을버스 정류장 앞이라서 버스에서 내린 사람들의 시선이 좀 부담스럽긴 하다. 그래도 이 자리가 학고재도 잘 보이고 피에타도 잘 보이는 장소다. 이용백의 〈피에타〉도 그리고 지나가던 행인도 그려 넣었다.

이용백 작가의 작품을 더 보고 싶으면 을지로 시그니처 타워의 16미터짜리 흰색 고래인 〈알비노 고래〉와 인천 파라다이스 시티 건물에 앉아서 먼 곳을 망원경으로 보고 있는 조각 〈괴테(Goethe)〉를 보러 가면 된다. (2022. 6. 27.)

능곡1904의 카페 FILL THE BLANK에서 그림을 그리는 스케쳐들. 그림에 열중한 모습이 아름답다.

만약 옛날 문인화 화가들이 요즘 그림을 보면 어떤 그림을 좋다고 하실까? 내 생각에는 다른 그림보다는 펜앤드워시로 그린 어반스케치에 가장 동질감을 많이 느끼고 좋아하실 것 같다. (2022. 7. 4.)

이건 꼭 봐야 해…
아라리오 광장의 세계적인 조각들

천안 어반스케쳐들과 함께 그린
'코헤이 나와'와 '키스 해링'의 조각

지난달 삼청동에서 개인전을 할 때 햇살님이 전시를 보러 왔다. 평일 오전인데도 일찌감치 와서 찬찬히 작품을 본다. 이야기를 나눠보니 어반스케처스 천안 운영진이다. 반가운 마음에 어반스케처스 천안 정기 모임이 있을 때 참여하기로 했다. 천안은 매월 두 번째 토요일에 정기 모임을 한다.

서울에서 전철을 타고 2시간이면 천안역에 도착하니까 그리 먼 거리는 아니다. '천안(天安)'이라는 지명은 멀리 고려 태조 왕건 시대에 지어진 이름인데, 천하대안(天下大安), 즉 '하늘 아래 가장 살기 좋은 곳'이라는 뜻이다. 천안은 예로부터 교통과 물류의 요충지였는데, 요즘은 천안·아산 일대에 들어선 대규모 공장으로 경제가 활성화되어 이름 그대로 살기 좋은 도시가 되었다.

이번 스케치 장소인 아라리오 조각 광장은 천안 12경 중 하나이며 종합터미널, 신세계백화점, 아라리오 갤러리, 영화관을 연결하는 중심 광장이다. 이곳은 현대조각품 전시로 유명하여 국내외 미술애호가들이 반드시 들러야 할 곳으로 알려져 있다. 나도 이곳에 한번 가야지 하면서도 막상 시간 내서 가기가 힘들었는데, 마침 천안 챕터가 이곳에서 모임을 하게 되어서 기쁜 마음으로 합류했다.

천안역에서 햇살님을 만나서 아라리오 조각 광장으로 향했다. 광장에서 먼저 와서 그림을 그리고 있는 천안 스케쳐들과 인사를 나누고 광장을 둘러봤다.

아라리오 갤러리에서 바라본 광장. 왼쪽에 보이는 탑이 아르망의 작품 〈수백만 마일〉이고, 하얀 구름처럼 보이는 것이 코헤이 나와의 작품 〈매니폴드〉이다.

이 광장은 정말 대단하다고 느꼈는데, 조각 작품의 선정과 배치도 좋았고 무엇보다 모든 조각품이 새것처럼 반짝여서 놀랐다. 이야기를 들어보니 얼마 전에 조각품 전체에 대한 대대적인 보수 작업을 했다고 한다. 역시 세계적인 갤러리가 운영하는 조각공원은 다르다.

코헤이 나와의 〈매니폴드〉

나는 가기 전부터 점찍어 뒀던 코헤이 나와(名和晃平)의 작품 앞에 자리를 잡았다. 그의 작품 〈매니폴드〉는 13미터 높이에 무게만 약 26.5톤에 달하는 초대형 규모의 조각이다.

> 작품 제목인 매니폴드는 여러 개를 뜻하는 '매니(Mani)'와 접는다는 의미의 '폴드(Fold)'의 합성어이다. 실제로 수십 개의 파이프로 구조물을 세운 뒤 알루미늄 표면으로 완성된 이 작품은 원소 등의 물질이 한꺼번에 융합되어 폭발적으로 부풀어 오르는 형상을 묘사한 것으로, 다섯 개의 높은 기둥 위에 떠 있는 구름의 형태를 지니고 있다. (인용 : 작품 설명문)

그는 1975년생으로 교토 시립예술대학을 졸업했으며, 세계 미술계가 주목하는

코헤이 나와의 〈매니폴드〉. 아라리오 광장에서 천안 스케쳐들과 함께 그렸다. 어떤 원소들이 폭발적으로 팽창하는 것을 표현했다. 내 눈에는 거대한 발레리나처럼 보인다.

작가다. 그의 대표작 중 하나인 〈픽셀(PixCell)〉 시리즈를 보면 사슴 등 동물을 박제한 후 크리스털 구슬을 합성하여 조각품을 만들었는데, 난해한 현대 조각 작품을 정말 아름답게 표현했다.

현장에서 직접 〈매니폴드〉를 보니 유명한 라오콘상의 역동적인 굴곡이 떠오르기도 하고, 여러 명의 발레리나가 군무를 추고 있는 것 같기도 하다. 또한 작품이 신세계 백화점에 들어가는 입구에 설치되어 있어 마치 사찰의 입구에 있는 일주문 같다.

천안 스케쳐들은 12시에 모여서 사진을 찍고 같이 점심을 먹는다. 상당히 가족적인 분위기다. 같이 식사하고 광장을 다시 둘러보니 여기 있는 작품도 대단하지만, 조각 광장을 기획하고 설치하는 과정이 진정한 예술이었던 것 같다.

광장에는 1989년에 프랑스 출신의 미국 화가이자 조각가인 아르망(Arman)의 작품 〈수백만 마일(Millions of miles)〉을 먼저 설치했다. 이 작품은 폐차의 차축을 쌓아 올린 작품으로 높이 20미터의 거대 조각이다. 이 큰 조각으로 광장에 큰 획을 하나 그은 것이다. 2000년에 현대 미술계의 슈퍼스타 데미안 허스트(Damien Hirst)는 인체 장기 모형을 엄청나게 확대한 작품 〈찬가〉를 만들었다. 그 작품은 4개의 에디션이 있는데, 그중 하나가 아라리오 광장에 설치되었다. 2013년에 〈매니폴드〉가 설치되었으니 〈찬가〉 이후 다시 10년 이상을 기다린 것이다.

이렇게 십수 년 간격으로 주요 조각품을 수집하여 설치하고, 주요 작품 사이에 비교적 작은 작품을 설치하여 전체적으로 조화를 이루는데, 설치하는 이 모든 과정에 마치 거대한 서사가 있는 듯한 느낌이다.

키스 해링의 <줄리아>

광장에서 두 번째 그림으로 키스 해링(Keith Haring)의 조각을 그렸다. 그는 1954년생으로 뉴욕 거리의 낙서를 보고 영감을 얻어 자신만의 스타일을 만들었는데, 대중은 픽토그램처럼 단순한 그의 그림에 열광했으며, 그는 시대를 대표하는 팝아트 작가가 되었다. 그는 1990년 31세의 아까운 나이로 사망했다.

아라리오 광장에는 해링의 작품이 2개 있는데, 광장을 바라보고 왼편에는 파란색 작품인 〈Untitled(Figure

키스 해링의 작품 〈줄리아〉. 역동적인 자세가 춤을 추는 것 같다.

on Baby)〉가 있고, 〈매니폴드〉 옆에는 노란색 작품인 〈줄리아(Julia)〉가 있다. 둘 다 1987년 작품이다.

<줄리아> 주변에 앉아 있는 사람들. 왼쪽은 천안의 스케쳐이고, 오른쪽에는 젊은 청년이 있다.

해링이 죽기 전 6년 동안 같이 작업했던 동료이자 매니저가 줄리아 그루엔 (Julia Gruen)이다. 이 조각은 아마도 그녀를 모델로 한 듯하다. 그녀는 해링 사후에 키스해링재단 이사장이 되어 그의 작품을 전 세계에 알리는 역할을 하고 있다.

그림을 마치고 아라리오 갤러리에 가서 광장을 설계하고 실행에 옮긴 씨 킴(김창일) 아라리오 회장의 전시회를 봤다. 그의 작품은 '꿈'을 주제로 한 것이 많은데, 그는 꿈을 갖고 있었고 그 꿈을 실현한 사람이다.

4시에 다시 모여 사진 찍는 시간을 갖고 서울로 가는 열차를 탔다. 천안 스케쳐들과 만남도 좋았고, 조각품과의 대화도 즐거웠다. 떠나기 전에 햇살님에게 어반스케쳐스 천안의 연말 전시회에 오늘 그린 그림을 출품하겠다고 했다.

(2022. 7. 12.)

'살아 있는 숲'을 그렸다

나무님을 만나러 포천 국립수목원으로 향하다

나무님은 내 인스타그램 팔로워다. 나도 나무님을 팔로우한다. 나무님은 국립수목원에서 나무와 풀을 전시, 관리하는 분이다. 나무님의 글을 보면 자신이 하는 일을 얼마나 사랑하는지 금방 알 수 있다. 그래서 나무님에게 국립수목원을 한번 방문하겠다고 했다. 나무님은 대환영이니 언제든지 오라고 하신다. 게다가 나무님은 내 그림을 엄청나게 좋아하는 분이다.

경기도 포천시에 있는 국립수목원이 굉장히 멀다고만 생각했는데, 집에서 차로 가니 1시간밖에 걸리지 않았다. 단 차를 가지고 가려면 반드시 사전 예약을 해야 한다.

한국의 국가대표 숲!
국립수목원이 있는 광릉숲은 조선의 7대 왕인 세조가 즐겨 찾던 사냥터였다. 그는 세종의 둘째 아들로 태어나 문종이 사망하자 어린 단종을 제거하고 왕위를 빼앗은 인물이었다. 세조의 무덤인 광릉이 이곳에 위치하면서 이곳이 광릉숲이 되었다.

조선 왕실에서는 광릉을 중심으로 사방 15리의 숲을 능 부속림으로 지정하여 조선 말기까지 철저하게 보호했다. 일제 강점기에는 산림과 임업을 연구하는 시험림과 학술 보호림으로 지정, 보호되었다. 해방 이후 혼란한 시기와 6·25 전쟁을 거치면서도 잘 보존·관리되었으며, 수목에 대한 연구와 관람을 위해 1987년 광릉 수목원으로 문을 열었고, 1999년 국립수목원으로 승격되었다.

산림박물관 2층에 전시된 '먹이 사슬로 보는 동물의 세계'

국립수목원은 540여 년간 훼손되지 않고 잘 보전되어 우리나라에서는 물론이고 세계적으로 찾아보기 힘든, 생태적으로 매우 중요한 숲으로 2010년 유네스코 생물권 보전지역으로 지정되었다.

수목원에 들어서니 쭉쭉 뻗은 나무들과 잘 정리된 숲이 보이는데, 정말 우리나라 국가대표 숲이라고 할 만큼 멋진 풍경이다. '숲의 명예전당'과 '유네스코 기념조형물'을 지나서 산림박물관으로 갔다.

박물관 2층에서는 '먹이 사슬로 보는 동물의 세계'를 전시하고 있었다. 광릉 숲에서 서식하는 동물 박제 전시다. 2005년 후진타오 중국 국가주석이 방한하면서 기증한 백두산 호랑이 '압록이'의 박제도 있었다.

나무님이 바쁜 일을 마치고 산림박물관으로 왔다. 사실 나는 오늘 나무님을 처음 본다. 온라인으로만 소통하다가 직접 만나면 어색한 경우도 많은데, 그림을 좋아하는 공통 분모가 있어서인지 오래 만난 친구 같다.

나무님은 일부러 시간을 내서 일하는 장소도 보여주고 수목원을 전체적으로 잘 설명해 주셨다. 돌나물과 전시원부터 원추리 전시원, 수생식물 전시원, 라일

락 전시원, 양치 식물원까지 돌면서 나무 이름과 특징도 알려 주고, 전시는 어떻게 하는지, 수목원 직원들의 생활은 어떤지도 이야기해줘서 재미있게 들었다.

뭐든 아는 만큼 사랑하게 되나니, 나무의 이름과 특징을 알면 그 나무가 나에게 다가오는 것 같다. 나도 즐거웠지만 나무님도 좋아하시는 것 같았다. 특히 멋진 나무를 설명할 때는 사랑에 빠진 사람의 얼굴을 보는 것 같았다. 육림호 휴게소에서 커피 한잔을 하고 나무님은 일터로 돌아갔다. 나는 산림박물관에 있는 '살아 있는 숲'을 그리기로 했다.

국립수목원에서 만난 멋진 나무님들

'살아 있는 숲'은 느티나무에 영상, 박제를 활용하여 숲의 모습을 형상화했다. 느티나무 위의 영상과 동물 박제는 숲의 사계절과 여러 동물의 모습을 보여주며 숲속 여러 생물의 조화로운 삶을 표현했다. '살아 있는 숲'에 사용된 나무는 느티나무 5그루가 붙어 자란 연리목으로 산림박물관의 상징목(象徵木)이다. 이 느티나무는 경상북도 안동(임하댐 건설로 수몰된 지역)에서 왔으며, 수령은 150살, 높이는 18m, 둘레는 6.2m였다. (인용 : 국립수목원 안내판)

녹음이 우거진 수생식물원의 모습

산림박물관 내 '살아 있는 숲'. 멋지고 재미있는 조형물이다.

살아 있는 숲은 거대한 느티나무와 동물 박제, 그리고 모니터가 조화롭게 잘 설치되어 있어 멋지다. 이 작품이 국립수목원의 상징목이라고 하는데, 예전에 마을 입구에 큰 느티나무가 있어서 그 마을의 수호신으로 삼았던 것이 연상된다.

일전에 문산에 사는 친구가 집에 나무가 너무 우거져서 가지를 좀 쳐달라고 부탁해 동네 사람 한 분과 같이 간 적이 있다. 그런데 그분이 첫 번째 나무 앞에서 그 나무에는 손을 댈 수 없다고 했다. 그 나무가 느티나무인데, 느티나무는 신령한 나무라 함부로 손댔다가 패가망신하는 사람 여럿 봤다면서 그 나무는 벨 수 없다는 것이다.

그래서 어쩔 수 없이 그 옆에 있는 감나무 가지를 쳐달라고 했다. 그런데 감나무도 안 된다는 것이다. 감나무는 겉보기에는 굵어 보여도 가지가 약해서 감나무에 가지치기하러 올라갔다 떨어져서 불구가 된 사람을 여럿 봤다고 한다. 어쩔 수 없이 옆에 있는 뽕나무 가지만 조금 치고 일당을 드렸다.

국립수목원 산림박물관내 조형물 '살아 있는 숲'을 그렸다. 옆에 서 있는 분이 나무님이다.

나는 처음에는 그분이 나를 놀리려고 하는 이야긴 줄 알았는데, 나중에 알아보니 다 맞는 이야기였다. 게다가 느티나무는 가지치기를 하지 않아도 수형이 멋지게 자라는 특징이 있다.

'살아 있는 숲'에 있는 독수리며 오소리, 토끼 등 동물을 그리는 것도 재미있다. 그리고 오늘 만난 나무님도 그려 드렸다. 집에 오는 길에 드로잉을 주로 전시하는 포천 '모돈 갤러리'에 들러 그림 감상을 하고 집으로 향했다.

오면서 생각해보니 오늘 만난 나무님도 반가웠지만 무엇보다도 수목원에 있는 수많은 국가대표 나무님들이 삼삼하게 떠올랐다. (2022. 7. 26.)

어반스케치의 조상격인
'외광파'

국립수목원의 아름다운 전나무숲

지난주에 국립수목원에 관한 기사를 썼는데, 수목원 직원들이 그 기사를 너무 너무 좋아했다고 한다. 수목원 박물관장님이 한번 보자고 연락이 와서 다시 수목원을 찾았다. 이야기를 들어보니 그간 '살아 있는 숲'에 대한 안내가 부족해서 내 그림을 활용해서 리플릿을 만들고 싶다고 하신다. 흔쾌히 승낙했다. 수목원 측에서는 그림 제공에 대해 고맙다고 하셨지만, 나로서도 영광이다.

이번에 와서 들어보니 그간 수목원 내의 산림박물관의 활동이 미흡했는데 올해부터 활발하게 기획 전시를 하고 있으며, 앞으로도 좋은 전시를 많이 준비하고 있다고 한다. 이왕 간 김에 산림박물관 전문연구원 선생님이 박물관 전시를 전체적으로 소개해 주셔서 다시금 찬찬히 돌아보았고, 수목원도 다시 한번 돌아봤다.

'외광파'는 어반스케쳐의 조상

산림박물관에서 수목원을 관통해서 육림호를 거쳐 반대쪽 전나무 숲까지 걸어갔다. 폭염으로 모든 것이 녹아내릴 것 같은 날씨였지만, 전나무 숲길은 그늘이 져서 시원하고 바람까지 살살 불었다. 벤치에 누워서 자고 있는 관람객의 모습이 부럽다. 전나무 숲길 한 곳에 의자를 펴고 펜을 꺼냈다.

이 아름다운 숲에서 그림을 그리다 보니 미술사에서 매우 유명한 숲이 생각난다. 퐁텐블로 숲은 파리에서 약 60km 떨어져 있는 아름다운 숲으로, 예로부

국립수목원 전나무 숲. 딴 곳은 더워도 여기는 시원하다. 전나무 숲을 산책하던 관람객 두 분이 포즈를 취해주셨다.

터 프랑스 왕족의 사냥터였다. 광릉숲이 세조의 사냥터였던 것과 비슷하다. 그런데 이곳에 왕족이 쉬어갈 건물들을 하나둘 짓기 시작해서 결국 베르사유 궁전에 버금가는 큰 궁전이 만들어진다.

퐁텐블로 숲 인근에 '바르비종'이라는 작은 마을이 있는데, 19세기 중반쯤 파리를 떠난 일단의 화가들이 이 마을에 모여들었다. 그들은 매일 아침 그림 도구를 챙겨 가까운 퐁텐블로 숲이나 농민들이 일하고 있는 들판을 그렸고, 밤이면 모여서 토론을 벌이기도 했다.

그들을 '바르비종파'라고 한다. 이들 중 〈만종〉의 작가 밀레를 비롯하여 루소, 코로, 뒤프레, 디아즈, 트루아용, 도비니는 '바르비종의 일곱 별'이라고 불렸다. 바르비종파 화가들은 농촌의 목가적인 풍경을 평화롭게 그려서 아직도 많은 사람이 그들의 작품을 좋아한다. 파리의 오르세 미술관에 가면 바르비종파 작품이 많은데, 오르세 미술관에 갔을 때 유명한 바르비종파 작품들이 크기도 작고 소박한 것에 놀랐다.

바르비종파 화가들은 야외에서 실물을 직접 보고 그리는 플레네리즘 화가들이다. '플레네리즘(pleinairisme)'은 프랑스어로 '충만하다, 가득 차다'는 뜻의 '플랭(plein)'과 '공기나 대기'를 뜻하는 '에르(air)'를 합한 말로 풍부한 대기 즉 '야외에서 그림을 그리는 것'을 말한다. 플레네리즘은 19세기에 들어서 각국에서 다양하게 발전하는데, 사실 당시 물감을 튜브에 넣는 기술이 개발되어 가능했던 것이다.

　플레네리즘이야 말로 현장에서 그리는 어반스케치의 조상 격이라고 할 수 있다. 겸재 정선이 1,700년 경부터 진경산수화로 현장에서 그림을 그리기 시작하셨으니, 그로부터 약 100년 후에 유럽 각국에서 현장 그림 유행이 시작된 것이다. 바르비종파는 플레네리즘의 대표 사조이고, 인상파도 그 전통을 이어간다.

일본을 비롯한 동양에서는 플레네리즘을 '외광파(外光派)'라고 번역한다. 언뜻 괜찮은 번역인 것 같은데 외광파를 검색하면 보통 이렇게 나온다.

　외광파(外光派, pleinairisme) : 태양광선 아래서 자연을 묘사한 화가들, 즉 실내 광선이 아닌 야외의 자연광선에 비추어진 자연의 밝은 색채 효과를 재현하기 위해 야외에서 그림을 그린 화파(畵派)의 총칭이다.

　이러한 해석은 외광파의 원래 단어인 '플레네리즘'을 설명하는 것이 아니라 번역한 용어인 외광파(外光派)를 설명한 것이라 좀 어색하다. 실제로 플레네리즘 화가들이 대체로 자연광을 중요하게 생각하기는 했지만, 야경을 그린 화가도 많고 밀레처럼 태양광을 그닥 중요하게 생각하지 않은 화가도 많다.
　외광파의 설명은 원어인 '플레네리즘'에 의거해서 태양광선보다는 '야외에서 그린 화가들'이라는 점을 강조해야 한다. 이래서 용어 번역이 어려운 것 같다. 플레네리즘의 정확한 번역은 '야외파'라고 할 수 있는데, 이 용어는 좀 평범하게 느껴진다. 나 같으면 빽빽할 '밀(密)' 자에 공기 '공(空)' 자를 써서 '밀공파(密空派)'라고 번역했을 것 같다.

수목원이라는 보물창고

워낙 더운 날씨라 수목원에 관람객은 별로 없지만, 전나무 숲길은 시원해서인지 산책하는 분들이 좀 있다. 스케치를 하고 있는데 나이가 지긋한 두 분이 벤치에 앉았다가 그림을 그리고 있는 나를 보고 비켜주신다고 하는 걸 말렸다. 그분들을 모델로 그렸다. 그분들은 나이가 많은 모

가방의 꽃무늬를 꽃으로 착각해 꿀을 빠는 나비

델이라고 사양하셨지만, 내가 그리면 다 20대가 되니까 걱정마시라고 하고 그림을 완성했다. 그림을 마무리하고 일어나려는데 나비 한 마리가 내 가방에 앉았다. 내 스케치 가방에 꽃무늬 프린트가 있는데, 그 꽃무늬에 빨대를 대고 한참을 비비다 날아간다.

국립수목원은 어반스케쳐들에게는 보물 창고인 것 같다. 가을에 단풍이 절정일 때 다른 스케쳐들과 함께 와서 그리면 좋겠다. 오다가 멋진 계수나무를 봤는데 가을에는 계수나무를 그려야겠다. (2022. 7. 28.)

그림 그릴 때 어떤 도구 쓰냐고요?
다 말해드립니다

인사동 입구의 큰 붓 〈일획을 긋다〉

요즘처럼 덥거나 비가 오면 야외 스케치가 어렵다. 고양 챕터는 이럴 때를 대비해서 실내에서 하는 특강을 마련했다. 박인홍 작가님은 유명한 어반스케쳐이며 특히 수채화를 잘 그리신다. 수업은 보통 작가님들이 시연을 하고 학생들이 그 그림을 똑같이 그리는데, 시연할 때 꼭 나오는 질문이 있다.

"선생님이 쓰시는 만년필 어디 거예요?"
"아, 이거요? 이거 다이소에서 3,000원 주고 샀어요."

"선생님이 쓰시는 물감은 뭐예요?"
"여러 종류가 있긴 하지만, 신한 물감이 익숙해서 그거 가장 많이 써요."

신한 물감은 입문자들이 많이 쓰는 가장 대중적인 물감이다. 특별한 화구를 기대했던 우리로서는 조금 실망이다. 박인홍 작가님처럼 펜이나 물감을 별로 가리지 않고 잘 그리는 분들도 많다. 반대로 그림 도구를 많이 따지는 분들도 있는데, 나는 펜에 집착하는 편이다. 내 손에 딱 맞는 펜을 구하려는 마음이 마치 옛날 장수들이 손에 맞는 보검을 구하려 천하를 돌아다녔던 심정과 같다고나 할까.

나의 도구들

카키모리 펜촉과 나미키 팔콘 만년필을 그려서 실물과 함께 사진을 찍었다. 카키모리 펜을 사용해서 그렸다.

얼마 전에도 카키모리(일본의 문구 제작사)에서 나온 펜촉을 샀다. 잉크를 찍어서 쓰는 딥펜 펜촉인데, 특이하게도 작은 총알처럼 생겼고 가는 홈이 파여서 거기서 잉크가 흘러나온다. 언뜻 보면 도저히 그림을 그릴 수 없을 것 같은데, 막상 써보니까 섬세한 표현도 가능하고 굵기를 달리하면서 사용하는 것도 가능하다. 쓰면 쓸수록 손에 착착 달라붙는 게 드디어 내가 찾던 보검을 찾은 것 같다. 펜촉 하나에 5만 원이면 비싼 건데도 돈이 아깝다는 생각이 들지 않는다.

나미키사의 '팔콘(falcon)'이라는 만년필도 해외 직구로 구입했다. 이 만년필은 펜촉이 새의 부리처럼 특이하게 생겨서 이름도 '매(조류)'라는 뜻의 팔콘으로 지었다. 펜촉이 낭창낭창한 연성 펜이라 그림 그리는 필압을 조정하면 선의 굵기를 조절할 수 있다. 아직 손에 익지 않아서인지 좀 어색한데, 만년필이 어떤지는 좀 더 친해지고 나서 볼 일이다.

우리 조상님들도 글씨를 쓰거나 그림을 그릴 때 가장 중요한 도구인 '지필묵연(紙筆墨硯)', 즉 종이, 붓, 먹, 벼루를 '문방사우(文房四友)'라고 하여 애지중지하셨다. 도구를 의인화하여 '친구'라고 말한다는 자체가 그 도구를 얼마나 사랑하는 지를 말해준다. 현대의 어반스케쳐들도 문방사우에 해당하는 화구들을 사용하고 있는데, 붓은 펜, 먹은 물감, 벼루는 팔레트에 해당한다고 할 수 있고 화선지는 수채화 종이가 되었다.

원래 덕후들이란 끝을 모르는 사람들이고, 친구와 헤어질 결심을 하기는 쉽지 않다. 조선 후기의 유명한 문신 유재(游齋) 이현석(1647~1703)은 자신이 애장하던 붓이 닳아서 못쓰게 되자 장례를 치르고 무덤까지 만들어 주었다고 한다. 이를 '필총(筆塚, 붓 무덤)'이라 칭한다.

조선 최고의 에세이스트이자 실학자였던 이덕무(1741~1793)는 붓 무덤 곁에 파초를 심어 붓의 혼을 달랬다는 기록이 있다. 조선 시대에는 남방에서 수입한 파초는 기르기가 매우 까다로워서 부를 과시하기 위한 수단으로 사용되었다. 당시로는 제대로 플렉스를 한 것이니, 요즘으로 치면 자신이 쓰던 만년필이 못쓰게 되자 명품 가방에 넣어서 묻어주는 것과 같다. 2019년에 출간된 《문장의 온도》는 이덕무의 글을 번역한 책이다.

인사동 입구에 있는 이 붓 조형물은 크기로 보나 형태로 보나 상당한 존재감을 뿜어낸다.

윤영석 조각가의 2007년 작품 〈일 획을 긋다〉. 인사동을 상징하는 조형물로 문방사우 중 붓을 형상화했다.
펜으로 스케치하고 수채물감 단색으로 그렸다. '인사성하(仁寺盛夏)'는 '인사동의 한여름'이라는 뜻.
얼마 전에 뮤즐님이 만들어서 선물해 주신 낙관을 찍었다.

수채화는 종이가 중요해

저렴한 펜이 무방하다는 사람들도 이구동성으로 종이만은 좋은 것을 써야 한다
고 말한다. 펜 그림이나 색연필 그림은 종이 품질에 큰 영향을 받지 않는다. 하
지만 물을 많이 사용하는 수채화의 경우에는 종이가 매우 중요하다. 품질이 나
쁜 종이로는 좋은 그림을 그릴 수 없다. 20매짜리 수채화 종이 몇 권 주문하면
10만 원이 훌쩍 넘어간다. 조심해서 아껴 써야 한다.

　　종이를 1평방미터(m^2) 깔아놓고 그 무게를 표시하면 그 종이가 얼마나 두꺼
운지 알 수 있다. 크로키나 스케치는 90그램이나 120그램 사용해도 괜찮다. 색
연필 그림 등 간단한 그림은 200그램짜리도 많이 쓴다. 수채화를 하려면 300그
램 이상의 종이를 사용해야 종이가 울지 않고 작품의 상태를 유지할 수 있다.

종이를 묶음으로 사면 표지에 종이의 무게가 적혀 있다.

수채화 종이는 물을 머금을 수 있도록 표면에 울퉁불퉁한 요철이 있는데, 그 요철의 상태에 따라서 분류하기도 한다. 종이를 만들 때 프레스로 누르는데 뜨거운 상태에서 프레스로 누른 종이를 '핫 프레스트(hot pressed)'라고 한다. 이 종이는 입자가 작고 섬세해서 세밀한 그림을 그릴 때 좋다. 차가운 상태에서 프레스를 눌러서 종이를 만들 경우는 '콜드 프레스트(cold pressed)'라고 하며, 이 종이는 중간 정도의 성질을 갖는다. 프레스로 누르지 않는 종이는 입자가 거칠기 때문에 '러프(rough)'라고 한다.

서양에서는 종이 만드는 과정에 주목했다면, 동양에서는 종이의 상태로 이름을 지었다. 핫 프레스트 종이는 '가늘 세(細)' 자를 써서 '세목(細目)'이라고 하고, 콜드 프레스트는 중간 정도 성질이기 때문에 '중목(中目)'이라고 한다. 러프는 '거칠 황(荒)' 자를 써서 '황목(荒目)'이라고 한다.

한자로 '눈 목(目)' 자에는 '그물코'라는 뜻이 있다. 눈 목자를 겹쳐서 보면 그물망처럼 보이는데 그 형상을 따라서 눈 목자에 그물코라는 뜻이 추가된 듯하다. 이런 용어는 부르기도 좋지만 직관적으로 종이의 상태를 알 수 있어서 좋다. 종이를 묶음으로 사면 표지에 종이의 상태가 표기되어 있다.

염불보다는 잿밥에 관심이 더 많은 사람도 있게 마련이다. 음악보다 오디오를 더 사랑하는 사람도 있다. 그림도 좋지만 그림 도구도 좋다. 문방사우 이야기가 나온 김에 오랜만에 인사동에 가서 거대한 붓 조형물 〈일 획을 긋다(윤영석 작)〉를 그렸다. (2022. 8. 12.)

광화문 광장을 지키는
이순신 동상

'위기의 영웅'에게 걸맞은 이 자리

영화 〈한산 : 용의 출현〉이 개봉했다. 김한민 감독의 〈명량〉이 2014년에 개봉했으니 8년 만의 작품이다. 〈명량〉이 우리나라 영화에서 가장 많은 관객인 1,700만 이상의 관객을 동원했으니 속편이 2~3년 안에 나올 줄 알았는데 예상을 빗나갔다. 김한민 감독이 어떤 이유로 속편을 만드는 데 8년이나 걸렸는지 궁금해하며 영화관으로 향했다.

명량은 잘 만든 영화지만 너무 국뽕에 취해있다는 비판이 있었는데 〈한산 : 용의 출현〉은 사뭇 담담하게 이야기를 이끌어간다. 하지만 우리나라 국민이라면, 영화를 만드는 사람이나 보는 사람이나 거북선과 판옥선의 활약 앞에서 담담함을 유지하긴 힘들 것이다. 이 영화도 〈명량〉에 이어 잘 만들어진 마스터피스를 보는 느낌이며, 작품성과 대중성 모두 갖춘 영화다. 하긴 이순신 장군을 소재로 한 영화가 아닌가.

다시 열린 광화문 광장
광화문 광장이 보수를 마치고 다시 개장했다. 오랫동안 가림막에 가려져 있어서 보기 싫었는데 깔끔하게 정리해서 공개되니 상쾌한 기분이다. 광화문에는 세종대왕 동상과 이순신 장군 동상이 있는데, 우리나라의 가장 상징적인 공간에 이 두 분을 모신다는 것에 이의를 달 사람은 별로 없을 듯하다.

고 김세중 조각가의 충무공 이순신 동상은 해방 후 만들어진 조각품들 중 보기 드문 걸작이다.

우리나라에는 동상이 참 적다. 큰 동상을 세우는 것은 입지와 작가를 선정해야 하고 예산도 많이 들어가지만, 무엇보다도 누구나 인정할 수 있는 인물을 선정하기가 어려운 것 같다. 여론이 극심하게 나누어져 있어서 어떤 인물이라도 여론 청문회를 통과하기가 쉽지 않다. 이순신 동상은 그런 논쟁을 확실히 피해 갈 수 있다. 그래서 그런지 크고 작은 이순신 동상이 정말 많다.

1968년에서 72년 사이에, 정부 주도의 '애국선열 조상(彫像) 건립위원회'가 중심이 되어 우리나라 위인 15기의 동상을 제작한다. 당시 만들어진 동상은 강감찬, 김대건, 김유신, 사명대사, 세종대왕, 신사임당, 원효대사, 유관순, 윤봉길, 이순신, 이율곡, 이퇴계, 을지문덕, 정몽주, 정약용 동상이었다. 장소가 옮겨진 동상은 많지만 모두 현존해 있고, 당시 우리나라의 주요 조각가가 모두 참여한 대규모 프로젝트였다.

위원회의 첫 번째 프로젝트가 충무공 이순신 동상이었다. 이는 물론 고 박정희 대통령의 의중이 가장 중요했겠지만, 서울의 중심인 세종로와 태평로가 뻥 뚫려 있어 남쪽에 있는 일본의 기운을 제어할 필요가 있다는 풍수지리학의 주장을 참고로 했다고 한다.

그 당시 만들어진 작품 중 내가 가장 좋아하는 작품이 이순신 동상과 유관순 동상인데, 모두 김세중 조각가의 작품이다. 김세중 조각가(1928~1986)는 1951년에 서울대학교 미술대학, 1953년에 대학원을 졸업하고 같은 해 서울대 미대 교수가 된다. 서울대 미대 1회 졸업생이며 명실상부 해방 후 1세대 작가다.

그의 작품으로는 광화문 이순신 동상, 유관순 열사 동상, 국회의사당에 있는 애국상 등 우리나라를 대표하는 조각상들이 많다. 그는 천주교 신자여서 혜화동 성당, 절두산 성당 조각상 등 종교 조각도 많이 만들었다. 김세중 조각가는 미술행정가로도 뛰어난 역량을 발휘하였는데, 서울대 미술대 학장 등을 역임하였고, 국립현대미술관 관장도 역임하였다. 그런데 국립현대미술관 과천관 건립이 끝난 후 과로로 갑자기 사망하셨다.

김세중 조각가가 별세한 후 '김세중 기념사업회'가 발족된다. 시인이자 숙명여대 교수셨던 고인의 아내 김남조 시인이 이사장을 맡으셨다. 고인이 돌아가신 지 1년 후인 1987년에 제1회 '김세중조각상'을 시상하기 시작하여 오늘날까지 이어오고 있다. 규모로 보나 권위로 보나 우리나라 미술사에 한 획을 긋는 상이다.

김세중 조각가와 김남조 시인 부부가 1955년부터 거주한 서울 용산구 효창원로 자택을 '김세중 기념사업회'에 기증하여 '김세중 미술관'이 만들어졌다. '김세중 기념사업회'는 기존의 주택을 헐고 3년에 걸친 공사 끝에 2015년 미술관을 개관하였다. 건축 설계는 민현식 건축가가 담당했다(주소 : 용산구 효창원로70길 35). 미술관은 2개의 전시실과 야외 조각실, 세미나실, 카페 공간을 갖추고 있다.

동상은 '다큐'이자 '드라마'

새로 조성된 광화문 광장은 도로를 한 쪽으로 밀고 세종문화회관 쪽으로 광장을 붙여서 면적이 굉장히 넓어졌다. 충무공 동상은 아직도 원래의 자리를 지키고 있다. 이 동상은 역사적인 고증이 잘못됐다고 해서 논란도 많지만, 나는 이것이 동상을 철거하거나 새로 건립할 정도의 문제는 아니라고 본다. 동상은 다큐멘터리이기도 하지만 드라마이기도 하다. 어느 동상이나 작가의 상상력의 여지를 남겨줘야 할 것 같다.

실제로 이후 고증을 거친 수많은 이순신 동상이 세워지지만, 아직은 광화문 동상만큼 멋진 동상을 보지 못했다. 이번에 다시 보니 이순신 장군의 팔뚝을 정말 두껍게 표현해 놓았다. 하체는 갑옷에 가려서 안 보이지만, 상체의 흉부와 팔뚝을 보면 보디빌더 몸이다. 게다가 강인한 표정과 당당한 자세가 보는 이를 압

忠武公李舜臣

충무공 이순신 동상. 1968년에 세워진 충무공 동상이 아직도 그 자리를 지키고 있다.
한결 높아진 하늘을 배경으로 동상을 그렸다.

도하며 외적의 도발을 용납하지 않겠다는 이순신 장군 동상의 주제를 잘 보여 준다.

　많은 동상이 우여곡절을 겪고 옮겨지기도 하고 폐기되기도 하지만, 이순신 동상이 수많은 논란에도 불구하고 그 자리를 유지할 수 있었던 것은 그 작품의 뛰어난 예술성 때문인 듯하다.

충무공 동상은 도로가 교차하는 곳이자 광화문 광장의 입구에 서 있어서 앞이 좁다. 다들 사진을 찍고 지나가는 자리지 머무는 자리가 아니다. 안으로 쭉 들어가 세종대왕상 앞쪽으로 가야 머무를 자리가 있다. 이순신 장군은 위기의 영웅이고 위태로운 곳에 위치해 있다. 세종대왕은 평화와 문화의 리더십을 나타낸다. 사람들이 머무르는 곳은 그런 곳이다. 그렇게 생각하니 지금 동상의 배치가 썩 잘된 것이라는 생각이 들었다.

폭우와 폭염이 번갈아 오는 가운데도 날이 맑으면 하늘이 훌쩍 높아져 있다. 그 하늘을 배경으로 충무공 이순신 동상을 그렸다. (2022. 8. 15.)

그때 그 파초는
어떻게 됐을까?

이태준 문학의 산실 '수연산방'

상허(尙虛) 이태준 고택을 찾아가기 위해 안국역에서 마을버스 종로 02번을 타고 성대 후문, 와룡공원 정류장에서 내렸다. 분명히 지도 상으로는 여기서 17분을 가면 이태준 고택이 나와야 하는데, 여긴 산이 아닌가. 흔히 사용하는 지도 앱이 대체로 정확한데, 이럴 때 보면 앱의 상상력이 너무 없는 건지 아니면 너무 많은 건지 모르겠다.

삼청공원과 와룡공원을 넘는 등산이 시작됐다. 산을 하나 넘으니 성북동인데 여기서도 여전히 17분이 더 걸릴 것 같다. 산에서 내려오는 개울이 불어서 물소리가 상쾌하다. 그 옛날 이태준 작가의 집 앞에도 이 개울물이 흘렀겠지만, 지금 그 집 앞 개천은 복개되어 도로가 되었다.

이태준 고택 수연산방은 현재 찻집으로 이용되는데, 손님들이 줄을 서 있다. 이곳에 이렇게 사람이 많은 건 처음 본다. 그림을 그리려고 야외 테이블에 자리를 잡았다. 마당에 나무가 너무 많아서 건물이 드러나는 각을 잡기가 힘들다. 따가운 햇볕 아래 스케치를 시작했는데, 갑자기 빗방울이 오락가락한다.

이태준, 그의 발자국

소설가 이태준은 1905년 철원에서 태어났는데, 일찍이 부모님을 여의고 친척 집에서 자랐다. 그는 스스로 학비를 마련하면서 학업을 계속하여 휘문 고등 보통학교와 일본 조치 대학에 다녔으나 두 학교 모두 졸업하지는 못했다.

수연산방 전경. 양철로 된 빗물받이가 날개처럼 보여서 집이 마치 날아오를 것 같다.

그는 1929년 귀국 후 잡지 〈개벽〉 등 여러 언론사와 잡지사에서 기자와 편집자로 일하였다. 그가 조선중앙일보 기자였던 1934년에 이상에게 시를 쓸 것을 권유하였고, 당시 조선중앙일보 사장이었던 여운형의 허락을 받아서 이상의 시를 신문에 게재했는데, 그 시가 〈오감도〉다. 이 시는 독자들의 항의가 빗발쳐서 연재가 중단됐지만, 지금 보면 노이즈 마케팅으로는 최고였던 것 같다.

그는 1939년부터 41년까지 문예지 〈문장〉을 발행해 자신의 작품도 발표하고 신인들을 발굴하기도 했다. 1933년에는 이효석, 김기림, 정지용, 유치진 등과 친목 단체인 '구인회(九人會)'를 결성했다. 정말 이름만 들어도 대단한 분들이다.

이태준 작가는 어린 시절에는 고아로 어렵게 자랐지만, 어른이 된 후에는 편집자나 기자로 늘 번듯한 직장을 갖고 있었기 때문에 다른 문인들에 비해서 비교적 여유 있는 생활을 한 듯하다.

그는 직장 생활을 한 지 5년 만인 1933년에 이 집을 지었다. '수연산방(壽硯山

房)'이라는 당호도 스스로 지었는데 '오래된 벼루가 있는 산속의 작은 집'이라는 뜻이다.

당시 성북동은 사대문 밖이라 땅값이 비교적 저렴해서 문인들이 선호하는 곳이었고 건물은 철원에 있는 외갓집을 옮겨와서 지었다. 그래서 이 집의 형태는 전형적인 경기 지방 한옥 구조인 기역 자(ㄱ) 집이었는데, 이 뒤편을 증축해서 면적을 넓혔다.

이 집에서 가장 멋진 부분은 안방에 연결된 누마루다. '누마루'란 누각과 마루가 합쳐진 공간으로 아래가 비어 있는 공간이다. 한옥 건축에서는 가장 멋지고도 사치스러운 공간이 누마루다. 누마루가 멋진 것은 건물 안팎이 연결된 경계의 공간이기 때문이고, 사치스러운 이유는 난방을 포기했기 때문에 겨울에는 사용이 어려웠기 때문이다.

이태준, 수연산방, 행복

그가 1942년에 발표한 단편소설 《무연(無緣)》에는 주인공이 어린 시절에 살던 철원에 가서 외갓집에 들르는 장면에 대한 묘사가 있는데, 이때 누마루 이야기가 나온다.

나는 윗말로 올라서 우리 외갓댁이던 집을 찾았다. (중략) 사랑 마당에 들어서니 기억은 찬찬하나 눈에 몹시 설어진다. 누마루가 어렸을 때 우러러보던 것처럼 드높지는 않다. 삼면 둘러 걸 분합이던 것이 유리창이 되었다. 전면에 '호상루(濠想樓)'란 현판이 붙었는데 없어졌고, 붕어 달린 풍경도 간데없다. 사랑방은 미닫이가 닫겨 있었다. 누마루 밑을 돌아 연당으로 가보았다. 연은 한 포기도 없이 창포만 무성한데 개구리들만 놀라 물로 뛰어든다.

이태준 작가는 1933년부터 1946년까지 이곳에 살면서 《달밤》, 《고향》, 《돌다리》 등의 단편소설과 《황진이》, 《왕자 호동》 등 주옥같은 장편소설을 썼다. 그의 작품 속에서도 성북동과 수연산방이 배경으로 많이 나오는 걸로 봐도 그가 이

누마루 쪽에서 바라본 수연산방의 입구와 문패

집을 얼마나 아꼈는지 알 수 있다.

그는 당대의 명문장가로도 유명했는데, 그가 저술한 글쓰기 교본인 〈문장강화(文章講話)〉는 놀랍게도 지금도 글 쓰는 이들에게 전범이 되는 책이다. 그의 수필집 《무서록(無序錄)》도 이 집에서 썼다. '무서록'은 책에 실린 글을 순서 없이 썼으므로 읽을 때도 아무 글이나 순서 없이 읽으라는 뜻에서 붙인 제목이다. 제목을 뽑는 것만 봐도 참 모던한 감성이다.

하지만 그의 삶에서 수연산방에서 지낸 13년 간이 가장 행복한 순간이었던 것 같다. 이태준 작가는 1946년 월북을 하게 되고 북에서 활동을 이어가지만 1956년에 북한 당국에 의해서 숙청됐다. 그 후 창작을 못 했음은 물론이고 공장과 탄광을 전전하면서 어려운 삶을 이어갔다고 전해진다. 정확한 사망 시기도 알려지지 않았다. 참으로 가슴 아픈 일이 아닐 수 없다.

월북 후 우리나라 문학사에서 그의 존재가 지워졌으나, 1988년 복권이 된 뒤에서야 다시 우리 문학사에 등장하기 시작했다.

그때 그 파초는 어떻게 됐을까

《무서록》에 보면 〈파초〉라는 글이 있다. 동네 사람이 작가가 애지중지 키우던 파초를 팔아버리라는 장면이 나온다. 파초는 남방에서 수입된 화초라 파초에 꽃이 피면 우리나라에서는 다음 해에 죽기 때문에 미리 팔아버리라는 것이다. 이에 대한 작가의 답이 곧 자신의 인생에 대한 생각이 아닐까.

수연산방을 만년필로 그렸다. 펜 느낌이 좋아서 채색을 안 하고 붉은 낙관만 찍었다.

정말 파초가 꽃이 피면 열대지방과 달라 한번 말랐다가는 다시 소생하지 못할지도 모른다. 그러나 내 마당에서, 아니 내 방 미닫이 앞에서 나와 두 여름을 났고, 이제 그 발육이 절정에 올라 꽃이 핀 것이다. 얼마나 영광스러운 일인가! 그가 한번 꽃을 피웠으니 죽은들 어떠리! 하물며 한마당 수북하게 새순이 솟아 오름에랴! (인용 : 이태준 《무서록》 〈파초〉)

오후가 되니 손님들도 많이 줄고 그림도 다 돼간다. 비도 그치고 다시 해가 난다. 지금 나무들도 좋지만, 정원에 파초를 심어 놓으면 더 멋있을 것 같다. 그나저나 그때 그 파초는 다음 해에 어떻게 됐을까? (2022. 8. 22.)

서툴게 보이는 그림이 좋다,
추사가 그러했듯

추사 김정희의 불계공졸의 미학을 논하다

8월 어반스케쳐스 장소는 을지로 일대다. 이름하여 '을지 유람'. 을지로는 오랜 논란 끝에 결국 모두 철거하기로 결정되어서, 일부 구역은 철거가 거의 완료되어 가고 일부 구역은 곧 철거를 앞두고 있다. 단 대림 상가, 청계 상가, 세운 상가 등은 현 상태를 유지한다. 이 상가들은 고가로 연결되는 공사가 완료되어 엘리베이터도 있고 편리하게 다닐 수 있다. 서울 시내에서 가장 번화한 을지로지만, 골목길로 들어가면 시간이 멈춘 듯한 광경이 벌어진다. 같이 간 스케쳐들 중에 서울에 이런 곳이 있었냐며 놀라워하는 분이 많았다.

이날은 나올 때부터 최대한 서툴게 보이는 그림을 그리려고 색연필과 볼펜을 갖고 나왔다. 종이도 그에 맞게 준비했다. 수채화 용지는 요철이 있어서 색연필이 잘 안 나가고, 색을 칠했을 때 오목한 부분에 색이 잘 안 먹는다.

나는 색연필 그림에는 마쉬멜로우지(紙) 209그램짜리를 쓴다. 표면이 매끄러워서 색연필이 잘 나가고 채색했을 때 색도 예쁘다. 단 이 종이에는 물을 쓰면 안 된다. 색연필 그림에서 수채화 종이가 비포장 시골길이라면 마쉬멜로우지는 고속도로다. 이 종이는 볼펜 그림에도 좋다.

세운 상가에서 카페를 색연필로도 그리고 볼펜으로도 그렸는데, 볼펜 그림이 더 서툴게 나왔다. 나는 이렇게 서툴게 보이는 그림이 좋다. 그 이유는 추사 선생님의 미학을 따르기 때문이다.

을지로 카페에서 30분 만에 그린 그림. 두인(頭印)으로 불계공졸 도장을 만들어 찍었다.

추사 김정희가 평생 추구한 경지

우리나라 역사상 최고의 아티스트이셨던 추사 김정희 선생님은 예술의 최고 경지를 '불계공졸(不計工拙)'이라 하셨고 이를 평생 추구하셨다. 《완당평전》을 쓰신 유홍준 교수님의 말을 들어보자.

추사는 평생 많은 문자 도장을 새겨 작품 첫머리에 찍는 두인(頭印)으로 사용하곤 했다. 그중에는 '불계공졸(不計工拙)'이라는 것이 있다. 즉 "잘되고 못 되고를 가리지 않는다"는 뜻이다. (출처 : 《완당평전 1》 14쪽, 유홍준, 학고재, 2002.)

완당은 과천 시절로 들어서면서 비로소 자신이 스스로 허물을 벗었다고 권돈인에게 자신감을 표하였으며, 그 경지를 "잘되고 못 되고를 가리지 않는다"는 '불계공졸(不計工拙)'이라고 했다. 이 말이야말로 '추사체'의 본령을 말해주는 한마디이다. 이 경지를 위해 그가 얼마나 애써왔던가. (출처 : 《완당평전 2》 712쪽, 유홍준, 학고재, 2002.)

그래서 보통 '불계공졸'이라고 하면 유 교수님의 해석을 쫓아 "잘되고 못 되고를 가리지 않는다."라고 해석한다. 그런데 이런 해석은 글자의 뜻을 헤아리는 정직한 해석이기는 하지만, 그 의미가 불분명하고 추상적이다.

나는 추사 선생님이 이론가로서가 아니라 작품을 하는 아티스트로서 자신의 예술적 지향점에 대해 이야기했기 때문에, 불계공졸이 추상적인 이야기가 아니라 예술에 대한 구체적 지침을 말했다고 본다.

그래서 불계공졸의 의미를 다시 해석해 본다. '불계(不計)'는 '계산하지 않는다'는 뜻이니 불계공졸은 '공'과 '졸'에 대해 계산적으로 생각하지 않는다는 것이다.

'공(工)'은 공들여 작품을 하는 것을 뜻하는데, 좋은 작품을 만들기 위해서 공들이는 것은 오히려 당연한 이야기다. '졸(拙)'이라는 단어가 미학적인 측면에서 갖고 있는 의미는 두 가지가 있는데, 첫째는 기교가 없이 소박하다, 둘째는 서툴다는 것이다. 서툴다는 것이 기교가 없이 소박하다는 의미를 포함하기 때문에 '졸'은 '서툴다'로 해석해야 한다고 본다.

불계공졸을 다시 해석하면, 작품을 만드는 과정에서 공들여 만들거나 서툴게 만들거나를 따지지 않겠다는 것인데, 좋은 작품을 만들 때 공들이는 것은 어찌보면 당연한 것이니 불계공졸의 핵심은 서툴게 보이는 작품도 좋은 작품이라는 것이다. 추사 선생님은 실제로도 서툰 듯한 글씨를 추구하셨다. 물론 서툴게 보여도 멋지고 훌륭한 작품이라야 한다. 진짜 서툴고 미숙한 것과는 분명히 다른 것이다.

추사 선생님은 평생 글씨를 쓰셨고 기술적으로 최고의 경지에 오르신 분이신데 어찌 서툴게 보이는 작품을 그렇게 높게 생각하셨을까? 예술의 기법을 갈고 닦으면 기술적으로 발전할 수 있을지 모르지만, 예술의 핵심인 낯선 느낌과 새로움의 추구와는 멀어질 수 있다. 추사 선생님은 그것이 싫으셨던 것 같다.

불계공졸은 유교 사상이 지배하는 당시의 엄격한 가치관에서는 매우 파격적

올림픽에서 펜싱 경기를 보고 감동 받아 그린 그림. 사진을 보고 10분 만에 그렸다.
손발이나 칼이 어설퍼 보이지만 자유스러운 이런 그림이 좋다.

인 미학이며, 시대를 앞서간 추사 선생님의 혜안을 보여준다. 하지만 현대에 들어와서는 기법적 완성도보다는 새로움의 추구가 점점 더 중요해진다.

어반스케치에 적합한 불계공졸의 미학

우리나라에서 국민 화가라 할 수 있는 장욱진 화백의 그림도 대표적으로 서툴게 보이는 그림이고, 이중섭 화가의 은박지 그림이나 자화상을 보면 초등학생이 그린 그림 같다. 동양화의 대가 김기창 화백도 정말 기법적으로 최고의 경지에 오르신 분이신데 말년에는 '바보 산수'라고 해서 일반적인 비례를 무시하는 그림을 그리셨다. 이 외에도 수많은 화가가 천진난만한 무기교의 그림을 추구한다.

불계공졸의 미학은 그림이나 글씨 모두 해당되는데 서툰 듯하면서 너무나 매력적인 글씨를 쓰시는 분이 있다. 대구에서 서실을 운영하며 활발하게 활동하시는 권영교 선생님 글씨야말로 불계공졸의 미학을 보여준다. 만약 추사 선생님이 이 글씨를 보시면 무릎을 치셨을 것 같다(Instagram.com/calligraphy.kouen).

불계공졸이란 추사 선생님의 미적 지향점이고 다른 아티스트들은 또 다른 생각을 가질 수도 있을 것이다. 그것은 선택의 문제. 서툴게 보이는 것보다는 최고의 기교를 추구할 수도 있을 것이다. 하지만 나는 현장에서 빠른 시간에 그려야 하는 어반스케치는 불계공졸의 미학이 잘 어울린다고 본다.

그런데 서툰 듯하면서 잘된 작품과 진짜 서툰 작품은 어떻게 구별하냐고? 그건 작품을 보는 눈이 어느 정도 있으면 단박에 알 수 있다. 만약 그것이 잘 구별되지 않는다면 그림을 좀 더 많이 보고 안목을 키우는 수밖에 없다. (2022. 8. 25.)

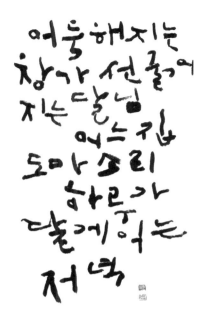

권영교 선생님이 쓰신 자작시. 서툴게 보이지만 너무 멋진 글씨다. ⓒ 권영교

PLACE /

한국항공대학교

한강자전거도로

김포아트빌리지

국립현대미술관 과천관

광화문광장

고양 행주성당

국립현대미술관 덕수궁관

경주 봉황대

국립현대미술관 서울관

행촌동 딜쿠샤

대한성공회 서울주교좌 성당

의정부 미술도서관

국립중앙박물관

청담동 루이비통 메종 서울

용산 CGV

PART 4

가을, 다시 겨울

나는 스토리가 있는 그림이
좋은 그림이라고 생각한다.
어반스케치는 스토리가 있는 그림이기도 하다.
어디를 가든 앞만 보지 말고,
옆도 보고 그 너머도 보면서
그 주변을 조금 더 자세히 관찰하면
더 재미있는 스토리를 만들 수 있다.

한국항공대학교에서 만난
비행기들

F-5 프리덤 파이터 전투기와 T-37 훈련기

어반스케처스 고양은 9월 모임을 화전에 있는 항공대에서 했다. 한국항공대학교는 1952년 2년제 교통고등학교 항공과로 시작되어, 1953년 4년제 국립 항공대학교가 되었다. 1963년에 현재의 화전동 캠퍼스로 이전하였고, 1979년도에 한진그룹이 운영하는 정석학원에 인수되어 현재는 사립대학교다. 지금은 볼 수 없지만 고양시 신도시 입주 초기만 해도 종종 항공대 학생들의 훈련기를 하늘에서 볼 수 있었다.

항공대에는 항공우주박물관도 있지만 특히 우리들의 눈길을 끄는 것은 야외에 전시된 각종 비행기들이다. 오래된 연습기부터 시작해서 올해에 전시가 시작된 보잉사의 A-300 비행기까지 그릴 거리가 많다.

F-5 프리덤 파이터(Freedom Fighter)

가을이 오는 하늘 아래 F-5 프리덤 파이터의 모습

일찌감치 스케치 도구를 챙겨 항공대에 도착해보니 나보다 더 부지런한 스케쳐들이 이미 와서 그림을 그리고 있다. A-300 여객기는 대한항공의 로고를 그대로 달고 있었는데, 공항에서 여객기를 많이 그리지만 이런 각도에서 이렇게 오래 그릴 수 있는 곳은 없

야외 전시장 입구에 있는 F-5 프리덤 파이터. 날렵한 자태가 멋있다.

다. 오래된 연습기나 훈련기도 재미있는 소재이지만, 나는 야외 전시장 입구에 있는 F-5 프리덤 파이터 앞에 자리를 잡았다.

1950년대 말에 구소련에서 개발된 MiG-21은 성능이 그리 뛰어나지는 않았지만, 가격이 저렴하고 관리가 편리해서 사회주의권에서 큰 인기를 끌었다. 게다가 그 때는 냉전이 극에 달한 때라 소련이 미그기를 대량으로 제작해 자기 진영에 저렴하게 공급했다. 미그기는 베트남이나 중동전에서 큰 활약을 하였고, 누적 생산 대수가 무려 11,000대에 달해 현재까지 가장 많이 생산된 제트 전투기 기록을 갖고 있다.

미국은 당시 F-4 팬텀이라는 초고성능 전투기가 있었지만, 너무 가격이 비쌌고 보안을 요하는 기술이 많이 적용되어 다른 나라에 함부로 제공할 수가 없었다. 그래서 미그기에 대항해서 동맹국에 공급할 목적의 경량 초음속 전투기를 제작하는데 그 비행기가 F-5다. '자유의 투사'라는 F-5의 별칭은 그렇게 정해졌다.

한국 공군도 1965년 F-5 비행기 20기를 도입하면서 본격적인 초음속 전투기 시대를 개막하였다. 항공대에 전시된 비행기가 이 모델이다. 미그기가 업그레이드됨에 따라 미국도 성능을 보강한 F-5E/F 타이거 투(TigerⅡ)를 개발한다. 우리나라는 1974년 월남 공군이 사용하던 19기의 F-5E를 이전받으면서 사용하기 시작했으며 1982년부터는 라이센스 생산도 시작하였는데, 그것이 바로 KF-5E/F 제공호로 현재도 한국 공군의 주요 전력 중 하나다.

1959년에 초도 비행을 한 모델이 아직도 건재하다는 사실이 놀라울 따름인데, F-5는 비행 거리가 짧고 전자 장비가 부족하지만 긴급 출격 능력이 뛰어나고, 특히 선회력이 좋아 공중전에 탁월한 능력을 발휘한다.

항공기 간의 근접 공중전을 '도그 파이트(dog fight)'라고 한다. 개싸움에서는 서로 뒤쪽을 물려고 하는데 개들은 뒤쪽을 잡히면 반격하기가 힘들기 때문이다. 전투기도 뒤쪽 방어가 마땅치 않아 근접 공중전에서는 적기의 뒤를 잡는 싸움이 중요한데, 마치 개싸움과 같다. F-5는 도그 파이트에 최적화된 전투기다. 지금도 공중전 훈련 시 탑건 교관들이 구닥다리 F-5 가상 적기를 타고 최신예 전투기를 모는 신참 조종사들을 혼내주며 신참들에게 조종기술이 얼마나 중요한지를 가르친다고 한다. 미국에서는 2030년까지 F-5를 가상 적기로 사용하기로 했다.

F-5를 실물로 보니 참 작긴 하다. 길이와 너비가 크지 않을뿐더러 앞에서 보면 비행기의 폭이 좀 과장하면 덩치 큰 사람의 어깨 폭밖에 되질 않는다. 크고 무거운 최신예 전투기가 벤츠 S클래스라면 이 비행기는 작고 기동력이 좋은 포르셰 같다고나 할까.

T-37 제트 훈련기
오후에는 F-5 옆에 있는 T-37 항공기를 그렸다. T-37은 제트기 조종 교육을 위해

T-37 훈련기는 지금 봐도 미래에서 온 듯한 디자인이다. 비행기 동체는 은색 마카로 칠했다.

세스나 사에서 제작된 쌍발 엔진의 훈련기다. 동체 크기에 비해 날개가 크게 설계되어 있어 저속 특성 및 선회 성능이 탁월하다. 또한 무장과 보조연료를 장착할 수 있도록 개량되어 공격기로도 사용되었으며, 우리나라에는 1973년 도입되어 30년 동안 공군의 주력 훈련기로 사용되었다. T-37도 오래된 비행기지만 디자인이 매우 미래지향적으로 생겼다. 항공기 바로 뒤에 주택이 있는 점이 이채롭다.

농사일에서 봄가을 바쁜 때를 '농번기(農繁期)'라고, 한여름과 한겨울을 '농한기(農閑期)'라고 한다. 어반스케치도 야외 활동이 주력이라 농사일과 일정이 비슷하게 흘러가는데, 이제 바야흐로 어반 농번기가 다가오고 있다. 아직 낮에는 좀 덥지만 10월과 11월은 어반스케치를 하기 가장 좋은 때이고 관련 행사도 많다. 고양 챕터도 슬슬 가을 전시를 준비해야 한다. (2022. 9. 5.)

한강 가기 좋은 계절,
우린 '드라드라' 합니다

행주대교에서 마포대교까지 드로잉 라이딩

추석 연휴 마지막 날에 자전거 라이딩 번개 모임이 있었다. 이번 라이딩의 특징
은 자전거도 타고 어반스케치도 하는 것이다. 일찌감치 그림 도구를 백팩에 챙
기고 자전거 바퀴에 바람을 빵빵하게 넣고 같이 만나기로 한 방화대교 남단을
향했다.

  내 자전거는 산악자전거 MTB인데, 거의 20년 전에 구입한 캐논데일 F-3000
자전거다. 오래돼서 좀 낡았지만, 당시로서는 명품 자전거였고 지금도 성능은 괜
찮다. 단 강변 자전거길처럼 도로를 타는 코스에서는 로드바이크보다 훨씬 불
리하다. 그러나 이날 코스는 크게 먼 거리가 아니니까 몸이 좀 더 힘들면 된다.

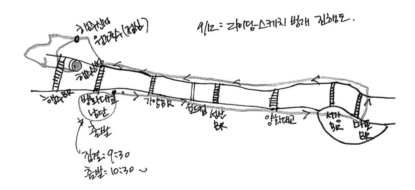

드라드라 모임을 주선한 찰리님이 그린 라이딩-스케치 번개 진행도. 찰리님은 어반스케쳐스 서울 운영자다.

고양시에서 행주외동을 거쳐서 행주대교를 건너서 강변 자전거 도로를 타고 가면 방화대교 남단이다. 먼저 온 라이더-스케쳐들이 벌써 그림을 그리고 있다. 1시간 전부터 와서 드로잉했다고 한다. 1차 드로잉이다. 나는 1차 드로잉은 못 하고 슬슬 몸을 풀면서 출발 준비를 했다.

마포대교에 주차한 자전거들. 왼편에 보이는 분들이 같이간 스케쳐들이다.

오늘 모임에 참석한 사람은 모두 다섯 명. 오늘 번개를 주선한 찰리님과 서울 어반스케쳐스 회원들이 오셨는데, 세 분은 로드바이크를, 찰리님은 브롬톤 미니벨로를 타고 왔다. 열을 맞춰 방화대교부터 마포대교까지 달린다. 대한민국에 자전거 타는 사람이 이렇게 많나 할 정도로 자전거가 많다. 초호화 자전거부터 그냥 생활자전거 또는 시에서 빌려주는 자전거 등등 종류도 가지가지다.

오전에는 덥지도 않고 구름이 있어서 자전거 타기에 좋은 날씨다. 농번기가 시작되고 어반스케치도 바쁜 시즌이 시작되듯이, 자전거 시즌도 시작이다. 자전거 안장에 올라타면 시야가 서 있는 높이보다 약간 높은데, 그 눈높이에서 세상을 내려다보면 마치 세상이 모두 내 것 같다.

드로잉-라이딩-드로잉-라이딩

방화대교에서 시작해서 성산대교와 서강대교를 지나서 마포대교까지 20킬로미터 정도를 논스톱으로 달렸다. 도착하니 11시가 조금 넘었는데 이곳에서 점심을 해결하기로 하고 치킨을 주문했다. 기다리면서 2차 드로잉을 했다. 나는 우리를 여기까지 데려다준 자전거를 그리고 싶었는데, 같이 온 스케쳐들이 마포대교의 큰 기둥 아래 자전거를 주차해놔서 그것을 그렸다.

자전거를 타면 상체로 핸들 바를 누르기 때문에 어느 정도 상체 운동도 되고, 상체를 손바닥으로 받치기 때문에 오래 타면 손이 저리기도 한다. 땅바닥에 앉아서 자전거를 그리려고 만년필을 꺼냈더니 손이 떨린다. 따라서 선도 떨린

마포대교 기둥 옆에 세워둔 자전거를 그렸다.

다. 이런 경우 떨리는 선이 더 자연스럽고 좋다. 다른 분들도 다들 그림 한 장씩
완성하셨고, 이른 점심을 먹고 다시 페달에 발을 올려놨다.

마포대교를 건너서 강변북로 쪽을 자전거 길을 타고 달렸다. 전에 서울 어반스
케쳐스 정기 모임을 했던 서울함 근처의 수상 상점에서 커피를 마시면서 3차 드
로잉을 했다. 자전거를 타고 난 후에 마시는 아이스 아메리카노라 더 맛있다. 서
로 그림을 그리는 장면을 그려주기도 하고 주변 상황도 그렸다. 드로잉을 마치고
촬영을 마친 후에 다시 행주대교 쪽을 향했다.

　아까는 한강 남쪽 자전거길을 달렸고 이번에는 강 북쪽 자전거 길인데, 이쪽
길이 더 아기자기하고 재미있게 꾸며져 있다. 행주산성 입구에 자전거 용품 할
인점이 많이 있는데, 다른 일행은 그곳에 자전거 용품을 쇼핑하러 갔고 나는 집
으로 돌아왔다.

같이 주행한 거리가 40킬로미터 정도니까 집까지 왕복 거리를 합치면 60킬로미터 정도를 탔다. 좋아하는 자전거도 타고, 좋아하는 그림도 그리고, 좋아하는 사람들도 만나니 얼마나 좋은가!

우리는 오늘 행사를 '드라드라'라고 이름 지었는데, 드로잉하고 라이딩하고 드로잉하고 라이딩하는 것이 연속된다는 뜻이다. 드로잉도 좋아하고 라이딩도 좋아하는 사람들에게 둘 다 할 수 있는 '드라드라'는 아주 적합한 프로그램이다.

자전거 라이딩은 원래 체력적인 부담이 있는데, 중간중간 드로잉을 하면서 휴식을 취하고 주변을 관찰하는 시간을 가질 수 있다면 마냥 직진만 하는 단순 자전거 라이딩보다 부담 없이 접근할 수도 있다. 물론 이는 스케치를 좋아하는 사람들에 한정된 이야기이긴 하지만.

자전거 라이딩을 하면서 드로잉을 하면 좋은 점이 또 있다. 차가 들어가기 힘든 곳도 찾아가서 그림을 그릴 수 있다는 것이다. 한강 철책선 고양시 구간도 출입제한을 푼 곳이 많이 있는데, 여전히 차량은 통제되는 곳이 있긴 하지만 자전거는 통행이 가능한 곳이 많다. 언젠가 그쪽으로 자전거를 타고 가서 스케치하고 싶다.

자전거와 어반스케치는 썩 잘 어울린다. 자연을 사랑하고, 뭔가를 좋아하면 직접 발로 뛰어드는 것을 좋아하는 열정적인 사람들에게 딱 어울리는 조합이다. (2022. 9. 14.)

7분짜리 춤 공연,
이렇게 그려봤습니다

'2022 김포 들가락 발표회'에서 그린 '호걸양반춤'

김포 아트센터 광장에서 열리는 '2022 김포 들가락 발표회'를 그리러 갔다. 1980년대 북촌과 을지로 재개발 지역의 한옥들을 김포시 운양동 모담산 자락에 이축한 샘재 한옥마을을 모체로 만든 창작 문화 공간이 '김포 아트빌리지'이고 그 안에 '김포 아트센터'가 있다. 김포 아트센터 안의 갤러리도 좋지만, 그 앞에 너른 마당이 있는데 그곳에서 공연을 한다.

김포는 중부지방에서 보기 힘든 평야가 있는 곡창 지대다. 농사가 잘된 만큼 농악 전통도 대단하여 1990년대 후반까지 마을 사람들로 구성된 풍물패가 동네마다 있었고, 김포시 체육대회를 하면 공설운동장에 마을마다 천막을 치고 두붓국을 끓여 놓고, 풍물을 치며 기세를 올렸다.

지금 김포 들가락 연구회 회장인 박희정 선생님이 동네를 돌아다니면서 농악을 채록했는데, 그때까지도 연로하신 마을 상쇠들이 생존해 계셔서 놀랐다고 한다. 그때의 채록과 구술을 정리한 것이 '김포 들가락'이다(2022 김포 들가락 발표회 리플릿 참조).

김포 들가락 발표회는 2015년부터 가을걷이 풍물 잔치 형태로 매년 발표회를 해오다가 2020년과 2021년에는 코로나 때문에 영상 발표회로 대체되었다. 그러니까 올해가 코로나 이후 첫 공연이다.

'호걸양반춤' 공연 모습. 도포에 쾌자가 멋있다.

오랜만에 열리는 김포 들가락 축제

이날 공연의 메인 프로그램은 김포 들가락 연구회 풍물동아리 '황금물결'의 판굿 공연이지만, 다른 연희패들도 초청되어 공연을 한다. 그중 한 팀이 '춤패 연'인데, 나도 '춤패 연' 회원이라 공연을 그리러 왔다. '춤패 연'은 대학 때 탈춤을 추던 사람들이 모여 만든 춤패다. 이제 나이가 들어서 몸은 예전 같지 않지만 열정만큼은 예나 지금이나 똑같다. 게다가 춤을 공연할 수 있는 팀은 국내에 많지 않아서 공연 요청이 꽤 많다. 2018년부터 매년 김포 들가락 발표회에도 참여했었고, 올해는 호걸양반춤으로 참여한다.

우리가 학교 다닐 때는 봉산탈춤이나 양주별산대놀이 등 중부지방 춤을 많이 추었다. 중부지방 춤은 기본적으로 12분의 6박자 타령 장단인 '덩 덕기 덩더쿵'이 기본이다. 가락이 빠르고 신이 난다. 도약이 많고 힘차다.

지금 우리는 남부지방 춤을 많이 춘다. 남부지방은 12분의 12박자 타령 장단인 '덩 기덕 쿵 더러러러 쿵 기덕 쿵덕'이 기본이고 부드럽고 아름답다. 도약이 상대적으로 적지만, 악을 타고 신명을 부리기에 좋다.

'춤패 연'의 '호걸양반춤' 공연 모습. 옛날 그림을 본따서 위에서 내려다본 시각으로 그렸다.
마카와 피그먼트 라이너로 그렸다.

그래서 춤패 연 레퍼토리로 동래학춤, 고성 오광대놀이, 진도 북놀이 등 남부지방 춤이 많다. 나도 동래학춤 주요 출연자로 한동안 공연도 많이 했다. '호걸양반춤'은 한량무의 조사(祖師)라고 일컬어지는 학산 김덕명 선생님의 춤인데, 이번에 우리가 추는 춤은 그의 제자인 최찬수 선생님 버전이다. 학교 다닐 때는 노상 상민의 춤만 추었는데, 이제 수십 년 만에 양반춤을 추게 되었으니 이것도 업그레이드라고 해야 할까?

춤패 연의 래퍼토리는 호걸양반춤

5월에 호걸양반춤 연습을 시작했는데 9월 공연이 결정되면서 회원들의 발등에 불이 떨어졌다. 처음 배운 레퍼토리를 소화하기에 빠듯한 일정이다. 우리는 보통 성산동 살판에서 주 1회씩 연습을 했는데, 그것 가지고는 어림도 없어서 이수역 '더킹' 건대 입구 '휘모리'에서도 추가로 연습했다. 게다가 코로나에 걸리는 회원이 속출해서 힘들었고, 최종적으로 8인무로 결정되었다. 나는 연습 부족으로 출연진에서는 빠졌다.

양반춤은 의상이 멋지다. 갓을 쓰고 흰 도포 자락을 휘날리고 등장하면, 그것만으로도 관객들은 좋아한다. 호걸양반춤은 도포에 긴 조끼처럼 생긴 쾌자를 입는다. 쾌자 색은 각자 자기가 좋아하는 색을 골랐는데, 색이 참 곱다. 공연을 앞두고 한 회원이 글을 올렸다.

> 호걸양반춤을 처음 배운 날 호기롭게 질러본 공연이 정말로 성사가 되었습니다. 이제 이틀 남았습니다. 새로 맞춘 쾌자를 도포에 걸쳐놓고 보니 정말 흐뭇합니다. 연습 동영상을 보고 따라 춥니다. 이제 겨우 순서를 알 것 같습니다. 정확하게 말하면 리더의 동작으로 다음 춤사위를 짐작할 수 있게 되었습니다. 과격해 보이지는 않지만 한번 추고 나면 온몸이 땀에 젖습니다. (중략) 근데 가슴이 콩닥콩닥 설렙니다. 얼마나 오래 기다려왔던 기회인가요. 우리 신나게 한판 즐겨봅시다!!

공연은 3시이지만 우리는 12시에 모였다. 김포 들가락 연구회에서 준비해준 김밥을 먹고, 마지막 리허설을 했다. 다른 팀들도 각각 와서 리허설을 했다. 나는 일찌감치 관객석 중앙에 앉아 스케치북을 펼쳤는데, 7분짜리 공연을 그릴 수 있는 방법은 무엇일까.

먼저 무대와 관객석을 그렸는데, 이 공연이 우리 전통문화 행사이니만큼 우리나라 전통 회화에서 종종 보이는, 하늘에서 내려다보는 시각으로 그렸다. 공연자들은 같은 동작을 하지만 그렇게 그리면 너무 단조로울 것 같아서 각기 다른 동작으로 그려 넣었고, 공연하는 동안 그림을 완성할 수 있었다.

우리 공연은 김포 들가락 판굿 1,2 마당 다음이었는데, 등장만으로도 탄성을 자

미리 주변 부터 그리시 시작해서, 공연 중에는 그림을
완성할 수 있었다.

아냈다. 7분의 공연이었지만 모두 혼신의 힘을 다한 멋진 공연이었다. 이번에 참여한 다른 팀들 공연도 모두 좋았는데, 특히 김포 들가락 판굿은 너무 신명 났다. 참여 인원도 많았고, 나이 든 분들과 젊은이들이 섞여서 함께 공연하는 것이 인상적이었다.

풍물놀이를 할 때 어떻게 많은 사람이 일제히 장단을 바꾸는지 아는가? 풍물패 맨 앞에 선 상쇠가 가슴께서 치던 깽쇠를 얼굴 높이까지 올리면 한 박자 먹고 다음 가락으로 넘어간다. 나도 학교 다닐 때 상쇠였던지라 판굿을 보던 내내 '아, 여기서 한 박자 먹고 다음 가락…' 이런 식으로 가락을 따라가다 보니 마치 내가 공연을 한 듯한 감동을 느꼈다.

'대동 진도북놀이'와 '단심대 엮기'를 끝으로 공연이 막을 내렸다. 참으로 멋진 공연이었고 우리가 이 공연에 참여해서 정말 좋았다. 공연 후에 긴 뒤풀이가 이어졌는데, 공연의 긴장을 털어내고 공연자와 뒷패가 모두 모여 즐거운 자리를 가졌다.

그런데 가만히 보면 춤패 연은 뒤풀이도 꼭 공연같이 한다. 길고도 즐거운 하루를 보내고 나는 집으로 돌아가면서 이렇게 생각했다.

'내가 이 팀의 일원이라는 사실이 너무 좋다!' (2022. 9. 20.)

년 1월 1일 인공위성을 통해 전 세계에 생방송 된 텔레비전 쇼 〈굿모닝 미스터 오웰〉을 통해 자신의 이름을 널리 알리게 된다.

백남준의 연인이자 아내, 그리고 예술적 동지였던 구보타 시게코(久保田成子) 여사가 쓴 〈나의 사랑, 백남준〉을 보면 뉴욕에서 독일로 옮겨간 1977년부터 1987년까지가 백남준의 예술세계가 활짝 꽃을 피우면서 최고의 전성기를 구가한 시대이다. 동시에 그 부부에게도 가장 행복했던 때였다고 한다. 그때 만든 작품이 〈다다익선〉이다.

다다익선을 그리러 과천으로

새롭게 불 켜진 〈다다익선〉을 그리러 과천을 향했다. 국립현대미술관은 1969년 경복궁에서 개관하여 1973년 덕수궁 석조전으로 이전하였다가 과천에 건물을 신축해 이전했다. 만 평 정도의 규모로 김태수 건축가가 설계하였는데, 1984년에 착공하여 1986년에 완공하였다.

먼저 제6 전시실에 올라가서 〈다다익선 : 즐거운 협연〉을 보았는데, 이 전시는 〈다다익선〉의 제작 배경과 그 후 작품을 운영하는 과정에서 생산된 아카이브, 그의 작품 세계를 새롭게 해석한 작가들의 작품으로 구성되어 있다. 알차고 흥미로운 전시다.

〈다다익선〉은 비디오 아트를 이용한 조형물인데 이렇게 큰 조형물은 넓은 공간에 설치해서 멀리서 보거나 가까이서 보면서 그 차이와 변화를 감상하게 된다. 〈다다익선〉은 여건상 멀리서 보는 조망을 나선형 복도로 대체해서 아래에서 보는 것과 위에서 보는 것을 비교하면서 보게 된다.

백남준 선생님은 복도를 쭉 타고 올라가서 위에서 보는 조망을 이 작품의 클라이맥스로 생각하신 것 같다. 왜냐하면 탑의 중간에 있는 모니터를 다 눕혀 놔서 위에서 봐야 작품의 화려한 자태를 온전히 볼 수 있기 때문이다. 복도 끝은 상당히 높고 게다가 난간이 낮게 되어 있어 살짝 현기증이 난다.

多多益善
The More The Better
Paik and J

백남준 선생님의 〈다다익선〉을 그리고 모니터에 스티커를 오려 붙였다.

〈다다익선〉 위로 원뿔형으로 된 건물 천
장 에 글자가 있어서, 작품과 관련된 글
인가 하고 자세히 봤더니 이렇게 되어 있
다. "천구백팔십오년 십일월 십오일·우리
미술 발전에 길이 빛날 전당을 여기에 세
우매 오늘 좋은 날을 가리어 대들보를 올
리니 영원토록 발전하여라." 건물의 상량
문이다.

이때는 1980년대다. 가난한 나라에서
최초의 현대미술관을 지었던 사람들의
감격과 긍지가 엿보여서 괜스레 코끝이
찡했다. 행여 이 건물을 리노베이션하더

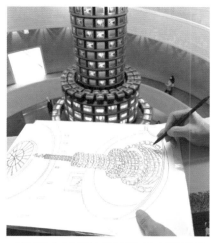

현장 여건상 서서 그릴수 밖에 없었는데, 수많은 모니터
를 비례를 맞춰서 그리기가 어려웠다.

라도 촌스럽다는 이유로 이 글을 없애버리진 않았으면 좋겠다.

불 꺼진 〈다다익선〉은 마치 생명이 없는 동물 같지만, 불을 켜는 순간 그 화려
하고 아름다운 자태가 살아난다. 가장 높은 곳에서 아래를 내려다보고 불이 켜
진 2시간 동안 서서 그림을 그렸다. 나는 보통 A4 사이즈에 그림을 그리는데 이
번에는 수많은 모니터가 A4에는 안 들어갈 것 같아서 A3 사이즈를 가져왔는데,
빽빽이 들어찬 모니터의 비례를 맞춰서 그리기가 어려웠다.

오후 4시가 되자 모니터의 불이 꺼지면서 2시간에 걸친 비디오 쇼가 끝났고,
내 그림도 완성되었다. 집에 오는 길에 갤러리 아트숍에서 2,000원을 주고 〈다다
익선〉 스티커를 샀다. 그리고 백남준 선생님에 대한 나의 오마주라고 생각하면
서 그 스티커를 내 그림 속에 조심스럽게 잘라 붙였다. (2022. 9. 27.)

세종대왕상과 성조기를
한 번에 그리니 나타난 효과

몽타주 기법으로 그림 그리기

지난 글에서 좋은 어반스케치의 기준으로 세 가지를 꼽았다. 첫째, 디테일이 있는 정교한 그림일 것. 둘째, 스타일이 있을 것. 셋째, 스토리가 있으면 좋다는 것이다. 이번에는 스토리가 중요한 이유와 그림에 스토리를 넣는 방법에 대해서 다루려고 한다.

성조기와 세종대왕상을 같이 그린 이유

나는 영화의 몽타주 기법으로 그림에 스토리를 넣는다. '몽타주(montage)'는 본래 '조립'을 의미하는 프랑스 말인데, 영화에서 각 숏(shot)을 촬영한 필름들의 편집 기술로 구소련 영화가들이 이를 미학적 원리로 발전시켰다.

레프 쿨레쇼프(Lev Vladimirovich Kuleshov, 1899~1970)는 구소련의 영화감독이며 모스크바 영화학교 교수였는데, 1920년대 이후에 활동한 소비에트 영화감독 중 절반가량이 그의 제자일 정도로 중요한 인물이었다. 그는 다양한 숏의 결합을 연구했는데, 어느 배우의 무표정한 얼굴 클로즈업 숏을 김이 나는 수프 한 접시, 관에 누워 있는 여인, 그리고 곰 인형을 갖고 노는 어린이 숏과 결합했다. 관객들은 그 배우의 얼굴에서 각각 배고픔, 슬픔 그리고 흐뭇함을 느꼈다.

쿨레쇼프는 숏의 연결만으로도 관객들에게 특정 의미를 전달할 수 있다는 사실을 발견한 것이다. 후에 이 실험은 '쿨레쇼프 효과'라고 이름 지어졌는데, 몽타주의 이론적 기초가 된다.

2022. 광화문 광장 ⓒ andy

광화문 광장의 세종대왕 동상을 그렸다. 건너편에 성조기가 보인다.

쿨레쇼프의 제자인 푸도프킨은 스승의 이론을 발전시켜 '통합적이고 중단되지 않은 연속적인 액션' 그리고 숏들 사이의 '아주 명백한 연결'을 몽타주의 원리로 주장했다. 숏과 숏의 연결이 문장에서 주어와 술어처럼 기능하는 것이며, 이를 '연결의 몽타주'라고 한다.

구소련에서 가장 유명한 영화감독이자 〈전함 포템킨〉을 연출한 세르게이 예이젠시테인(Sergei M. Eizenshtein)은 숏들 사이의 부드러운 연결이 아니라 충돌에 의해서, 서로 상충하는 두 조각의 대립에 의해서 새로운 개념을 발생할 수 있다고 주장하였는데, 그것을 스스로 '충돌의 몽타주'라고 명명하였다.

그는 한자의 구성 원리로 자신의 이론을 설명하였다. 예를 들어 한자에서 '개 견(犬)'과 '입 구(口)'가 결합해, 짖을 '폐(吠)'라는 새로운 글자가 만들어지는데, 여기서 '개'와 '입'이라는 두 개의 상충하는 요소들이 결합해 '짖다'라는 새로운 개념이 만들어졌다는 것이다. (참조 : 《영화에서의 몽타주 이론》 김용수, 열화당, 2006.)

몽타주 이론은 20세기 초에 만들어진 영화 이론이지만, 다른 분야 예술가들의 상상력을 자극해서 연극, 무용 등 공연예술과 사진, 회화 등 시각 예술에도 지대한 영향을 미쳤으며, 영화를 넘어 하나의 보편적 미학으로 자리 잡았다. 몽타주 기법을 비판하는 사람들은 몽타주가 관객들의 반응을 조작할 수 있다고 주장하고 매스미디어의 대중 의식 조작이나 가짜 뉴스의 근원을 몽타주 기법에서 찾기도 한다.

대학원에서 영화 이론을 전공했던 나는 몽타주 이론을 좋아하고, 또 그 기법을 내 그림에 적용시키려고 노력한다. 그런데 영화처럼 편집할 수 없는 그림에 몽타주를 활용하려면 어떻게 해야 할까?

상이한 요소를 한 장면에 놓는 것을 '적스타포즈(juxtapose)'라고 하고, 우리말로 '병치(竝置)하다'라고 해석한다. 적스타포즈는 '옆'이라는 뜻의 '적스타(juxta)'와 '둔다'라는 '포즈(pose)'가 합쳐져서 '옆에다 둔다'라는 뜻이다. '병치(竝置)하다'는 뉘앙스가 약간 다르긴 한데, 설 '립(立)' 자 두 개가 나란히 있는 글자 모양에서 보이듯이 '나란히 둔다'라는 뜻이다. 결국 그림을 그릴 때 어떤 것 옆에 다른 것을 둠으로 어떤 것과 다른 것을 넘어서는 이야기가 만들어지는 것이고, 그것이 내 그림에서 이야기를 만드는 방법이다.

얼마 전에 광화문에서 서울 챕터 정기 모임이 있었다. 오전에는 충무공 동상을 그렸고, 오후에는 세종대왕 동상을 그렸다. 세종대왕 동상과 세종문화회관 사이에 돌로 된 큰 테이블이 놓여 있어, 그림 그리기에 안성맞춤이다. 그날 마침 청년의 날 행사가 있었고, 시위도 있어서 광화문 일대가 시끄러웠다. 그런데 행사장이 막고 있어서 그런지 세종대왕 동상 앞은 비교적 조용했다.

세종대왕 동상을 그리다 보니까 길 건너편 미국 대사관 건물에 성조기가 걸린 것이 보여서 세종대왕과 성조기를 병치해서 그렸다. 상이한 두 요소를 그려 넣으니까 그림이 생기가 돈다. 그러면 이것은 연결의 몽타주인가 아니면 충돌의 몽타주인가? 나는 그에 대한 답을 하고 싶지 않다. 그에 대한 답은 보는 사람의 몫이며, 나는 단지 어떤 요소들을 병치해서 새로운 의미를 만들고 싶은 것이다.

나의 그림과 조각에 스토리를 넣는 방법

예전에 한동안 도자 조각 작업을 했었다. 한 사나이가 탑을 보면서 명상에 잠긴 작품이다. 그런데 위에서 보면 그 사나이가 앉아 있는 땅이 여체로 보인다. 탑이 명상, 이상적인 것과 초월적인 것을 나타낸다면 여체는 여성이라고 볼 수도 있고, 대지라고 볼 수 있고, 우리가 딛고 있는 현실이라고 볼 수도 있다.

이렇게 상충되는 두 요소를 병치하면 재미있는 이야기를 만들 수 있다. 그 사나이는 작가가 될 수도 있고 관객도 될 수 있는데, 그 사나이의 머릿속에 탑이 있는지 여체가 있는지는 보는 사람이 판단할 일이다.

몽타주는 나의 그림에 스토리를 넣는 방법이다. 다른 사람은 다른 방법이 있을 것이다. 지난 5월에 처음으로 개인전을 했을 때, 생각보다 많은 작품이 팔렸다. 그것은 그림도 그림이지만 내 그림 속에 스토리가 있기 때문에 그런 것 같다. 게다가 그림에 관련된 기사를 쓰니까, 그 기사를 읽고 온 사람에게 그 그림은 동영상이 된다.

나는 스토리가 있는 그림이 좋은 그림이라고 생각한다. 어반스케치는 스토리가 있는 그림을 그리기에 적합하다. 우리 주변과 여행지에는 무수한 스토리가 널려 있다. 어디를 가든지 앞만 보지 말고, 옆도 보고 그 너머도 보면서 그 주변을 조금 더 자세히 관찰하고 여러 요소를 병치한다면 더 재미있는 스토리를 만들 수 있다. (2022. 10. 5.)

 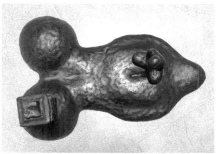

<명상>. 한 사나이가 탑을 보고 여체 모양의 땅에 앉아 명상하고 있다. 도자 조각 작품. 가로 49cm, 높이 16cm.

100년 된 한옥성당은
왜 양쪽 지붕이 다를까?

고양시에서 가장 오래된 성당, 행주성당

전날 가을비가 장마처럼 와서인지 날이 아주 쌀쌀하고 바람이 많이 분다. 그래도 많은 스케쳐들이 와서 자리를 잡고 그림을 그리고 있다. 이번 모임은 고양시에서 가장 오래된 성당인 행주성당에서 한다. 행주성당은 서울과 경기 북부 지역에서 명동성당과 약현성당 다음으로 건립된 성당으로, 성당 구내에는 성당설립 100주년을 기념하는 '성모의 집'과 2016년에 만들어진 '성모당'도 있지만, 아무래도 우리의 관심을 끄는 것은 100년 가까이 된 한옥 성당이다.

설립 100년을 버텨낸 성당

예로부터 행주에는 나루터가 있어 물류의 중심지였고 그만큼 새로운 사상을 빨리 받아들이는 곳이었다. 행주에 교우촌이 형성되면서 1898년 공소가 설립되었고, 1909년 행주 공소를 본당으로 승격하여 고양, 양천, 부평, 김포, 통진, 파

한옥 성당 왼쪽으로 '성모의 집'과 '성모당'이 보인다.

주, 양주 일부 지역을 관할하게 하였다. 그리고 1910년, 소박한 형태의 한옥 성당을 완공한다. 그런데 그 성당은 지대가 낮아서 홍수 피해가 잦았고 화재도 발생하였다. 당시 한강 하류에는 홍수를 막는 제방이 없어 거의 해마다 수해가 되풀이되었다. 성

성모울레지
행주성당

성모울레지 행주성당 ℓandy

행주성당 한옥 성당 왼쪽이 팔작지붕, 오른쪽은 맞배지붕이다. 양쪽에서 그리고 가운데서 이어붙였다.
한옥 성당 양쪽 위에 보이는 성모의 집은 사실 한 건물이다.

당의 일부가 침수되거나 무너져 내려 빠듯한 교회 살림에 큰 부담이 되었고, 농사를 업으로 하는 신자들 역시 수해를 당해 교회 운영에 큰 지장을 주었다.

1924년에도 가뭄과 홍수로 홍역을 치르더니 1925년에는 을축년 대홍수로 행주 일대가 물바다가 되었으며, 행주성당도 지붕만 남기고 고스란히 물에 잠겨버렸다. 결국 1928년에 현재의 위치에 성당 이전 공사가 시작되었고, 1931년에 공사가 마무리되었다. 건물을 지으면서 기존 건물의 보와 기둥 등 건축 부재를 대부분 재사용하였다고 한다. 1931년 8월에 예년과 같이 한강 물이 범람하였으나 높은 지대로 옮겨진 성당은 아무런 피해를 보지 않았다.

당시 행주 지역은 생활에 여유가 있는 지역이었고 신도도 많이 늘어났으나, 1942년 일제가 외국인 신부를 추방해 국내 신부의 수가 줄어들면서 공소로 격하되었다. 광복 후 다시 본당이 되었지만, 그 후 전쟁과 인구구조 변화로 부침을 거듭하였다. 그러나 성당 설립 100년이 지나면서 문화적인 가치를 재조명받게 되었고, 문화재 등록과 복원이 이루어졌다. (참조 :《행주성당 100년 이야기》강종민)

수천 년간의 성당 건축의 역사를 지닌 천주교회이지만, 한옥으로 성당을 짓는 것은 또 다른 도전이었던 듯하다. 행주성당을 그리기 전에 건물 안팎을 살펴보면서 그 고민의 흔적을 볼 수 있었다.

성당은 예로부터 동서축으로 길게 짓는데, 빛이 오는 동쪽에 제대(祭臺)가 위치하고 서쪽에는 출입구가 있다. 그래서 신도들은 서쪽 문을 통해 성당에 출입하게 되어 있다. 행주성당도 동쪽 제대, 서쪽 출입구 원칙을 따르고 있다. 보통 한옥이 남향으로 지어져서 남쪽에 출입구가 있는 것과는 차이가 있다. 논리는 다르지만, 결과적으로 건물을 앉히는 방향과 모양은 같다는 점이 흥미롭다.

행주성당에는 다른 성당과 다른 특징이 하나 있는데, 출입구 쪽 지붕은 '팔작지붕'이고 제대 쪽 지붕은 '맞배지붕'으로 되어 있다는 것이다. 보통의 한옥은 지붕 구조가 좌우 대칭이다. 그래야 보기도 좋고 건축하기도 좋기 때문이다. 양쪽의 지붕 형태가 다른 경우는 매우 이례적인 경우인데, 그 이유는 무엇일까?

이런 건물은 보통 궁궐과 사찰 등 권위 있는 건물에 쓰이는 팔작지붕으로 하면 된다. 그런데 제대를 놓으려면 평평하고 넓은 면이 필요하다. 팔작지붕 건물 옆면은 넓은 면이 만들어지지 않아서 성당 건물에 적합하지 않았던 것이다. 그래서 이례적으로 출입구 쪽은 팔작지붕이 되었고, 제대 쪽은 맞배지붕이 되었다. 한옥은 넓은 면이 정면이라서 비대칭 지붕은 미적으로 좋지 않은 데 반해, 이 건물은 옆면이 아니라 출입구 쪽에서 바라보게 되어 있어서 미관상 큰 문제가 되지 않는다.

행주성당의 지붕이 별문제가 아니라고 볼 수도 있지만, 나는 이것이 새로운 문화가 기존 문화를 창조적으로 해석하고 적용한 사례라고 보고 싶다. 이 건물을 신축할 때 당시 신부님과 도편수가 얼마나 많은 회의를 하셨을까?

전망 좋은 카페에서 행주성당을 그렸다.

세상에는 없는 건물의 그림

생각이 여기에 미치자 나도 그림을 좀 창의적으로 그리고 싶어졌다. 어떻게든 이 두 지붕 양식을 한 장의 그림에 넣어야겠다. 그래서 먼저 팔작지붕 쪽 출입구를 45도 각도에서 그렸다. 그러고 나서 맞배지붕 쪽으로 가서 제대 쪽을 그린 다음, 두 장면을 가운데서 붙이기로 했다. 문제는 자연스럽게 붙이는 것이 핵심이다. 한옥 성당 뒤로 보이는 '성모의 집'은 보이는 대로 각각 그려서 그림 속에서는 2개가 되었지만, 사실은 한 개의 건물을 다른 각도에서 그린 것이다.

스케치가 끝난 무렵 일기 예보대로 비가 온다. 이런 날은 일기 예보가 좀 틀렸으면 하는데, 그런 기대를 여지없이 저버린다. 근처에 전망 좋은 카페가 있어서 급히 그쪽으로 자리를 옮겼다. 거기서 그림을 마무리하고 멀리 보이는 행주성당을 한 번 더 그렸다. (2022. 10. 11.)

물감은 없지만 이 조각상은
그릴 수밖에 없습니다

덕수궁에서 열리는 문신 탄생 100주년 기념 전시회

문신(文信)은 1922년 1월 16일 일본 규슈의 탄광 지대에서 한국인 이주노동자와 일본인 여성 사이에서 태어났다. 올해 문신 탄생 100주년을 맞이하여 국립현대 미술관 덕수궁에서 〈문신(文信) : 우주를 향하여〉를 개최한다.

다섯 살부터 아버지의 고향인 마산에서 살던 문신은 1938년 열여섯 나이에 일본으로 건너가 일본 미술학교 서양화과에 입학한다. 광복과 함께 귀국한 그 는 마산에 터를 잡고 10여 차례 개인전을 여는 등 화가로서의 경력을 다져간다.

그러다 40에 가까운 나이인 1961년에 돌연 프랑스로 떠나 약 20년간 프랑스 에서 활동하다가 1980년에 영구 귀국하여 마산에 정착한다. (1965년에서 1967년 까지 귀국하여 홍익대에서 강의하기도 했다.)

그는 프랑스에서 미술학교에 다닌 것이 아니라 파리에서 북쪽으로 80km 떨 어진 라브넬에서 약 3년간 고성(古城)을 수리하면서 목공, 석공, 미장 등의 일을 했다. 파리의 토양과 공기 속에서 세계적인 조각가 문신이 길러진 것이다. 그리 고 본인의 회화 작업을 계속해 나간다. 이 무렵 그는 자연스럽게 추상의 세계로 진입했다.

1960년대 후반부터 문신은 최소한의 조형 단위인 구(球) 또는 반구(半球)를 다양 한 방식으로 결합한 추상 조각을 제작하기 시작했다. 1970년 프랑스 남부 바르 카레스 항구에서 열린 〈국제 조각 심포지엄〉에 출품한 13미터 높이의 나무 조

회의에 참가한 손님들을 그렸다. 왼쪽부터 세계 어반스케쳐스 회장인 지니, 설립자인 가브리엘, 부회장 페트릭 그리고 수원 어반스케쳐스 회장인 쏭회장이다. 맨 오른쪽 아래는 쏭회장님이 그려주신 내 모습이다.

첫날 나는 어반스케쳐스의 설립자인 가브리엘 캄파나리오의 워크숍에 참여했다. 기사를 쓰면서 그의 그림을 인용한 적이 있기 때문에, 전날 그 이야기를 했는데 그도 그 일을 잘 기억하고 있었다. 가브리엘의 강의는 열정적이고 흥미로웠다. 그는 "어반스케치는 건축적인 관점에서 볼 수도 있고 회화적인 관점이나 저널리스트적 관점에서도 볼 수 있는데, 나는 저널리스트적 관점에서 그림을 그린다."고 했다.

그는 손바닥만 한 수첩을 들고 다니면서 그림을 그리는데, 펜으로 주로 그리고 채색도 별로 하지 않는 대신, 어떤 장면에 담긴 이야기를 찾는 것이 좋다고 한다. 나도 저널리스트적인 관점에서 그림을 그리기 때문에 그의 말에 공감이 갔다. 그는 그림의 완성은 중요하지 않고 그리던 그대로 남겨둬도 좋다는 말도 했다. 미완성의 그림은 오히려 상상의 여지를 남겨두기 때문에 더 좋을 수도 있다는 것인데, 그 부분을 어떻게 받아들여야 할지는 아직 고민이다.

이날의 마지막 일정은 황룡원 연회장에 모여 식사도 하고, 그림도 그리고, 대화도 하는 프로그램이었는데, 그 자리에 모인 사람은 모두 친구가 되는 시간이었

다같이 모여서, 흩어져서 그리는 이 시간이 가장 감동적이었다.

다. 인스타그램에서 늘 보고 좋아하던 분들을 여기서 처음 본 경우도 많은데, 평소에 워낙 그림을 많이 봐서인지 잘 알던 사람 같은 친근한 느낌이다. 나는 외국 손님들 얼굴을 그려 드렸는데, 다들 너무나 좋아하신다.

모두가 주인공인 어반스케치 페스타

다음날 외국작가 워크숍과 국내 작가 스케치워크가 이어졌다. 오후에는 황룡대 옆의 금관총 일대에 하나둘씩 스케쳐들이 모여들기 시작했다. 모두 자기만의 자세로, 자신이 선택한 장면을, 자신의 스타일로 그린다. 이번 페스타에 많은 프로그램이 있었지만 나는 이 장면이 가장 감동적이라고 생각했다.

보통 어떤 행사를 진행하면 게스트와 관객과의 간극이 크다. 관객은 대체로 수동적인 경우가 많다. 반면에 어반스케치 페스티벌에서는 게스트도 아티스트이지만, 관객도 모두 아티스트들이다. 우리는 게스트의 워크숍을 참가하지만, 게스트들도 우리 중 많은 작가의 팬이다. 서로 존중하는 관계다.

우리가 그림을 그리면 그들도 옆에 와서 같이 그린다. 페스타에 참가한 모든 스케쳐들이 다 그렇다. 잘 그리건 못 그리건 그림을 언제 시작했건 간에 모두 한

2022 경주어반스케치페스타 Big Sketch
 R Andy

시간이 모자라 그림을 완성하지 못했는데 가브리엘의 조언을 따라 미완성인 채로 두기로 했다. 그림의 나머지를 채우는 것은 보는 사람의 몫이다. 제주유딧님이 스티커를 붙여주셔서 다른 분들 스티커도 받고 싶었지만, 시간 관계상 그러질 못했다. 그것도 미완성이다.

곳을 보고 그림을 그리는 모습을 보니 가슴이 뭉클했다. 모두 모여 그리는 빅스케치 시간이 끝나고 경품 행사와 폐회식이 있었다. 그리고 내년에 다시 만날 것을 기약하며 벅찬 가슴을 안고 헤어졌다. (2022. 11. 3.)

공을 떨어뜨리지 않으려고
기를 쓰는 인간들

국립현대미술관 최우람 작가의 전시 〈작은 방주〉

올해는 조각 전시가 참 풍성하다. 연초에 권진규 탄생 백 주년 기념 전시회가 서울시립미술관에서 있었고, 하반기에는 문신 탄생 백 주년 기념 전시회가 국립현대미술관 덕수궁에서 열렸다.

이 두 전시는 한국 조각의 과거를 보여주는데, 우리 조각의 현재를 보고 싶다면 국립현대미술관 서울관에서 진행 중인 최우람 작가의 전시 〈작은 방주〉를 봐야 한다.

움직이는 조각에 천착한 최우람 작가

최우람 작가는 1970년생으로 중앙대학교 조소과를 졸업하고 작품 활동 초기부터 모터로 구동되는 금속 조각 작품을 만들어왔다. 그의 작품은 금속이라고 보기에는 너무나 우아한 움직임을 보였으며, 마치 살아있는 생명체처럼 느껴졌다. 그의 전시는 매번 인간과 자연 그리고 사회에 대한 놀라운 성찰을 보여준다.

국립현대미술관(MMCA)은 현대자동차가 후원하는 전시를 2014년부터 매해 해왔는데, 올해 지원 작가로 최우람이 선정되어 〈MMCA 현대차 시리즈 2022 : 최우람-작은 방주〉를 서울관에서 개최한다.

최우람 작가 전시를 보러 국립현대미술관을 찾았다. 이번 전시는 서울관 내의 대규모 공간을 사용하는 전시다. 개인전으로는 어디서도 보기 힘든 규모다. 내

<작은 방주> 작동 중인 모습. 압도적 공연으로 15분 정도의 공연이 끝나면 관객의 박수가 터져나온다.

생각에 작가의 첫 번째 고민은 이 넓은 공간을 어떻게 채울 것인가로 시작했을 것 같다.

아니나 다를까. 가장 큰 홀인 5전시실에는 <작은 방주>라는 작품이 있는데 높이가 2.1m에 길이가 12.7m에 이르는 거대한 배 모양의 작품이다. 이 작품은 '등대', '두 선장', '닻' 등의 오브제와 함께 설치되어 있다. 방주는 전위적인 사운드 와 함께 약 15분 동안 노를 젓는 일종의 공연을 하는데, 매우 압도적인 분위기 라 공연이 끝나면 관객들의 박수가 터져 나온다.

그 밖에 최우람 작가의 트레이드 마크인 꽃처럼 생긴 기계 생명체도 선보이고 작은 방주 제작 과정의 설계도를 이용한 평면 작업도 있다. 이번 전시가 자동차 회사와 협업인 만큼 폐차 직전의 자동차에서 분해된 전조등과 후미등을 모아 큰 공을 만든 작품도 있다.

지푸라기 인간이 기를 쓰고 받치고 있는 <원탁>

이번 전시회에서 가장 인상 깊게 봤던 작품은 홀에 있는 작품 <원탁>이다. 이 작 품은 검은 원탁 위에 짚으로 만든 공이 있고, 원탁 아래에 18명의 지푸라기 기

최우람의 〈원탁〉. 지푸라기 인간들의 노력이 안쓰럽다. 관객은 익명성을 강조하기 위해 실루엣으로 그렸고,
천장에 있는 작품 〈검은 새〉 중 한마리도 그려 넣었다.

계 인간들이 원탁 위의 공을 떨어뜨리지 않으려고 움직인다.

　이 작품을 보고 있노라면 공을 떨어트리지 않으려고 협력해서 노력하는 모습이 안쓰러움을 넘어서 연민을 느끼게 한다. 이 작품은 원탁 위의 공이 떨어지지 않게 잘 제어되어 있지만, 만약 실수로 그 공이 바닥에 떨어지기라도 하면 지푸라기 인간들의 반응이 어떨지 생각하니 웃음이 나왔다.

　최 작가의 초기작으로 물고기처럼 생긴 〈울트마 머드폭스〉(240쪽 맨 위 그림 참조)가 있는데, 지느러미 혹은 날개처럼 생긴 것으로 부드럽게 날갯짓한다. 사실 〈작은 방주〉에서 보여주는 노 젓기 동작은 그 물고기의 지느러미의 동작을 확대했다고 볼 수 있다. 반면에 〈원탁〉은 전혀 새로운 방식의 동작을 선보여서 놀라웠다.

이번 전시회에서 가장 인상 깊게 봤던 작품은 홀에 있는 〈원탁〉이다.

사람들은 의외로 기계로 된 인간에 대해서 친근감을 느낀다. 영화 〈터미네이터〉 시리즈를 보면 기계적 동작을 하는 로봇인 아널드 슈워제네거는 인간 편이고 관객도 그에게 동일화하는 반면, 형체를 자유자재로 바꿀 수 있는 로봇은 더 진보된 기계이지만 악당으로 나온다.

　사람들은 끈적이고 흐물흐물한 것보다 딱딱한 기계적인 동작을 더 선호하는 것 같다. 아마도 기계의 골격이 인간의 뼈대 같은 느낌을 주고, 기계적 동작은 잘 살펴보면 동작의 원리를 인지할 수 있기 때문인 듯하다. 사람들은 대부분 속을 알 수 없는 것은 좋아하지 않는다.

난 〈원탁〉을 그리기로 했다. 〈원탁〉은 시간을 정해서 작동하는데, 많은 사람이 몰려들어서 관람객도 그림에 넣었다. 작품 주변에 벤치도 많고 조명도 밝아서 그리기 좋다. 단지 갤러리 안에서 채색은 못 하게 할 것 같아서 드로잉만 하고 채색은 집에서 했다.

　〈원탁〉 작품 위에는 〈검은 새〉라는 작품이 있는데, 각기 제목이 따로 붙은 독립적인 작품이지만 같이 설치하는 것을 염두에 둔 작품인 것 같다. 하지만 한 화면에 넣을 수 없어서 사인 위에다 검은 새 한 마리를 그렸다.

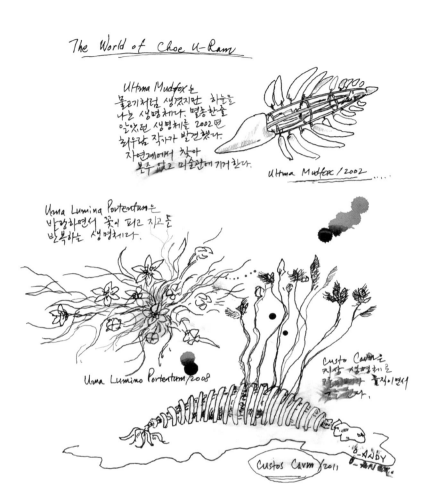

The World of Choe U-Ram

Ultma Mudfox는
물고기처럼 생겼지만 하늘을
나는 생명체다. 멸종한줄
알았던 생명체를 2002년
최우람 작가가 발견했다.
자연계에서 찾아
본주 많고 미술관에 기거한다.

Ultma Mudfox / 2002

Uma Lumina Portentum은
발명하면서 꽃이 피고 지고를
반복하는 생명체다.

Uma Lumino Portentum / 2008

Custo Cavm은
지상 생명체로
꿈을 이면서

Custos Cavm / 2011

O-ANDY

최우람의 세계. 세피아 잉크로 그리고 옛날 보물 지도처럼 보이려고 잉크를 떨어트렸다.
본문에 나오는 물고기처럼 생긴 생물이 맨 위 작품이다. 글귀는 내 상상의 산물이다.

글을 쓰려고 최우람의 작품을 정리하다 보니 그의 작품 하나하나가 모이면 그
만의 큰 세계가 형성될 수 있다는 생각이 들었다. 그래서 그의 작품 세 개를 모
아 한 곳에 그려봤다.

그곳에는 금속으로 된 동물이 숨을 쉬고, 금속 꽃이 빛을 발하면서 피고 지
고, 금속 물고기가 날아다닌다. 오래된 보물지도 같은 느낌을 주려고 세피아 잉
크로 그렸고, 잉크를 몇 방울 떨어트리고 문질렀다. (2022. 11. 12.)

오백 살 은행나무와
'기쁜 마음의 궁전' 딜쿠샤

딜쿠샤 안주인 메리 테일러의 자서전《호박 목걸이》

노랗게 물든 은행나무야말로 가을의 상징이다. 은행나무 가로수도 많은데, 평소에는 무심코 지내다가 가을이 오면서 잎이 노란색으로 물들어가면 '아, 여기 예쁜 곳이었지!' 하고 감탄하게 된다.

우리 갤러리 앞 삼청동 은행나무 단풍도 참 예쁜데, 요즘 어반스케치 전시를 해서인지 관람 온 스케쳐가 모두 거리의 은행나무를 그리고 간다. 은행나무 단풍이 들었을 때 이 거리는 늘 축제다.

일제강점기에 은행나무골에 자리 잡은 외국인 부부

삼청동도 좋지만 내가 그리고 싶은 나무는 행촌동을 지키고 있는 은행나무다. 행촌동은 1914년 일제강점기 행정구역 개편 당시 은행나무골 혹은 은행동(銀杏洞)과 신촌동(新村洞)이 합쳐지면서 지명이 만들어졌다. 재미있는 점은 두 지명이 합쳐진 행촌동(杏村洞)도 결국 '은행나무 마을'이라는 뜻이니 이 동네와 은행나무의 질긴 연을 알 수 있다.

행촌동 은행나무가 1976년도에 보호수로 지정될 당시 추정 수령이 약 420년이었으니 지금은 약 466년 된 고목이다. 이곳에는 임진왜란 때 행주대첩을 승리로 이끈 권율 도원수의 집터가 있었고, 장군님께서 손수 이 나무를 심었다고 전해져 온다. 사람들은 이 나무를 마을을 지키는 수호목으로 여겼다. 그런데 이 나무에 매료된 사람이 또 있었으니, 일제 강점기에 우리나라에 와서 살았던 테일러 부부였다.

1875년 미국에서 출생한 앨버트 테일러(Albert Wilder Taylo)는 광산 기술자였던 아버지를 따라 조선에 왔다. 그는 한국에서 광산업과 무역업을 하였다. 1919년에는 연합통신의 통신원으로 활동하면서 고종 국장과 3·1 운동, 제암리 학살 사건, 독립운동가의 재판 등을 취재하였다. 1942년 조선총독부에 의해 추방당한 후 한국으로 돌아오기 위해 노력했으나, 1948년 미국에서 심장마비로 갑작스럽게 사망하였다.

메리 테일러(Mary Linely Taylor)는 1889년 영국의 부유한 귀족 집안에서 태어났다. 모험을 좋아하고 독립심이 강했던 그녀는 신부수업을 받는 학교에 가는 대신 연극배우가 된다. 그녀는 동양의 여러 나라에서 순회공연을 하던 중에 일본에서 앨버트를 만났다.

둘은 1917년에 결혼해 한국에서 결혼 생활을 시작하였다. 메리는 한국의 풍경과 한국 사람 그림을 많이 남겼다. 1942년 남편과 함께 추방당한 메리는 1948년 남편의 유해를 양화진 외국인 선교사 묘원에 안장하였다. 미국으로 돌아간 메리는 1982년 캘리포니아에서 생을 마감하였다.

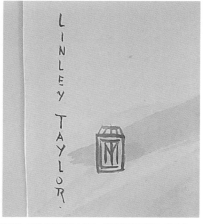

왼쪽 사진은 양화진 외국인 선교사 묘원에 있는 테일러 가족묘다. 그중 오른편에 보이는 큰 비석이 앨버트 아버지의 비석이고, 왼편의 작은 비석이 앨버트 테일러의 비석이다. 여름에 방문했을 때 사진을 찍어 두었다. 오른쪽 사진은 메리 테일러의 그림에 나오는 그녀의 서명이다. 자신의 이름을 도장처럼 그려 놓았다. 집 모양은 분명 딜쿠샤를 생각하고 그렸을 것이다. 나는 이 서명에서 그녀의 감각과 타 문화에 대한 존중을 보았다.

메리 테일러의 자서전 《호박 목걸이》

메리 테일러는 자신의 파란만장한 삶을 자서전으로 남겼는데《호박 목걸이 : 딜쿠샤 안주인 메리 테일러의 서울살이, 1917~1948》이라는 제목으로 번역되었다. 이 책은 그녀의 흥미진진한 삶과 이방인의 눈으로 본 식민지 조선의 상황을 생생하게 기록하고 있어서 책을 손에 넣자마자 단박에 읽었다.

영국 화가 엘리자베스 키스(Elizabeth Keith, 1887~1956)는 한국을 사랑하여 한국 사람과 풍습을 그린 작품을 많이 남겼는데, 메리 테일러의 자서전은 키스의 작품에 비견될 만하다. 마침 이 책을 번역한 송영달님은 엘리자베스 키스를 우리나라에 소개 하는데 큰 역할을 한 분이다. 이 책에는 메리 테일러가 그 은행나무를 처음으로 보는 장면이 나온다.

옛 성벽을 따라 내려가다가 키가 30미터나 되어 보이는 거대한 나무 옆을 지나가게 되었다. 나로서는 한 번도 본 적 없는 신기한 나무였다. (중략) "이게 무슨 나무예요?" 내가 브루스에게 물었다. "미국에서는 공작고사리 나무라고 부르는데 원래 이름은 깅코예요." (중략) "나는 '우리 나무'라고 부를 거예요. 정말로 이 나무를 갖고 싶어요. 게다가 여기는 집을 짓기에 딱 좋은 곳이네요!"

(출처 : 《호박 목걸이》 154~155쪽, 메리 린리 테일러 저, 송영달 역, 책과함께, 2014.)

왼쪽은 은행나무 쪽에서 본 딜쿠샤고, 오른쪽은 딜쿠샤 쪽에서 본 은행나무다.

부동산 격언에 '땅은 주인이 따로 있다'고 하는데, 테일러 부부는 우여곡절 끝에 이 땅을 사서 1923년 당시로는 보기 힘든 서양식 건물을 이 언덕 위에 짓는다. 메리는 연극배우로 인도에서 공연하던 중 어린 시절 할아버지에게 들은 이야기 속의 궁전 '딜쿠샤'를 방문하는데, 딜쿠샤가 힌디어로 '기쁜 마음의 궁전'이라는 말을 듣고 언젠가 집이 생긴다면 딜쿠샤라는 이름을 붙이겠다고 마음먹는다. 이제 그 꿈이 실현된 것이다. (참조 : 《호박 목걸이》 102쪽)

그 후로 이 집은 테일러 부부의 보금자리이자 당시 한국에 머물던 외국인들이 모여드는 사교장이 되었다. 그러나 이 미국, 영국인 부부도 전쟁을 피해 갈 수는 없었다. 1941년 태평양 전쟁이 시작되자 남편 앨버트는 구금되었고 메리는 가택연금을 당한다. 그 후 그들은 미국으로 추방된다. 앨버트는 꿈에 그리던 한국에 살아서 돌아오지 못했고, 메리도 남편의 장례식 때 한국에 잠간 들렀을 뿐 평생 그리워하던 딜쿠샤에 와서 살지는 못했다.

나는 아름드리 은행나무와 '딜쿠샤'가 함께 있는 이곳을 꼭 그려보고 싶었다. 그것도 은행나무 단풍이 절정일 때. 그런데 단풍이 한창일 때는 경주에 내려가 있었고 이런저런 바쁜 일로 시간을 못 내다가 드디어 그림을 그리러 갔다. 독립문역 3번 출구로 나와 조금 걸어가면 사직 터널이 나오는데, 사직터널 바로 앞에서 왼편으로 올려다보면 딜쿠샤와 은행나무가 보인다.

먼저 새롭게 단장된 딜쿠샤 내부를 둘러봤다. 전에는 관리가 제대로 안 돼서 건물이 많이 손상되었다고 했는데, 고증을 거쳐 깔끔하게 복원되었고 자료도 잘 정리되어 있다. 오히려 너무 깨끗하고 가구도 별로 없어, 지금이 마치 이 부부가 처음 집을 지어 집들이할 때인 것 같다. 우리는 그 집들이에 초대된 친구라고 해야 하나.

마당 한 구석에 앉으니 은행나무와 딜쿠샤가 같이 보인다. 전날 비바람이 쳐서 혹시 은행잎이 다 떨어지지 않았을까 걱정했는데, 가지 끝의 잎은 떨어졌지만 다행히 나무 중간의 이파리는 제법 풍성하다. 그 모습을 표현해야 한다. 근대

서울성공회주교좌성당 Randy

대한성공회 서울주교좌성당 전경. 8년 만에 똑같은 자리에서 그렸다.

점심을 먹고 어반스케쳐들이 많이 모여 있는 정동길로 갔다. 시립 미술관 앞에서 부터 정동 제일교회, 이화여고 그리고 덕수궁 후문까지 많은 스케쳐들이 그림을 그리고 있다. 날씨도 좋고 전시도 목전에 있다. 그림 그리는 것도 좋지만 남들 그리는 것 구경하고 참견하는 것도 재미있다.

주말이라 차 없는 정동 길에 많은 사람이 나들이를 나왔고, 우리가 그림 그리는 모습을 보고 다들 좋아한다. 어반스케치에 대해 물어보시는 분도 많다.

    울긋불긋한 단풍이 아름다운 정동길의 가을이 무르익어 간다. 그런 아름다운 거리를 그리는 스케쳐들이 그중 가장 아름답다. 그래서 스케쳐들의 모습을 스케치북에 담았다. 다행히 이번 전시에 10장 모두 채워서 낼 수 있을 것 같다.

(2022. 11. 22.)

서울시립미술관 앞에 있는 스케쳐들을 그렸다. 왼쪽에 보이는 장미 다발 조각은
시립미술관 입구에 설치되어 있는 최정화 작가 작품이다.

이 도서관이라면
누구든 책을 읽고 싶을걸요

책과 미술의 융합, 의정부 미술도서관

볼 일이 있어서 의정부에 간 김에 의정부 민락지구에 있는 의정부 미술도서관에 들렀다. 이 도서관은 2019년 11월에 개관하였는데, '책 읽는 도시 의정부'를 역점 과제로 추진해 온 의정부시가 책과 미술의 융합을 기치로 만든 도서관이다.

나는 과연 그런 융합이 잘 되어 있는지 보고 싶었다. 의정부시에는 미술도서 관 외에도 음악도서관, 과학도서관, 어린이도서관 등 특색 있는 도서관이 많고, 좋은 반응을 얻고 있는데, 확실히 이런 일은 지자체의 의지가 중요한 것 같다.

이 도서관은 외관도 범상치 않았지만, 지하 주차장에 차를 주차하고 1층 로 비에 들어가는 순간 '야, 여기 미술도서관 맞네!'라는 생각이 들었다.

'연결'을 건축으로 구현한 미술도서관

이전에 없던 새로운 공간을 창조하기 위해 우리가 찾은 길은 연결. 생각, 지 식, 배움, 경험, 잠재력의 연결. 연결의 힘으로 도서관의 미래를 여는 우리만의 특 별한 이야기를 시작합니다. (의정부 미술도서관 유튜브)

흔히 연결이나 융합, 소통 등 그럴듯하고 거창한 개념이 실제 상황과는 따로 노는 경우가 많은데, 이 도서관에서는 그런 개념들이 구두선(口頭禪)에 그치지 않고 잘 적용된 것을 볼 수 있었다. 이 도서관의 공간들은 개방적이고 유기적으 로 잘 연결되어 있었다. 우리가 흔히 칸막이가 있을 것이라고 예상되는 곳에는

도서관 중앙에 위치한 대형 계단을 통해 모든 공간이 연결되어 있다.

오히려 칸막이가 없었는데, 그런 공간들을 하나로 연결해주는 것이 바로 중앙의 대형 원형 계단이다.

이 도서관은 각 층을 그라운드로 이름 지어서 구별하고 있다. 먼저 1층은 '아트 그라운드'로 회화, 디자인, 건축 등 미술 관련 서적이 다양하게 갖춰져 있다. 국립현대미술관과 서울시립미술관 도록도 체계적으로 배치되어 있다. 1층에 좋은 갤러리도 있었는데, 내가 간 날은 전시가 없어 아쉬웠다. 이곳은 높은 천장과 넓은 창, 아름다운 가구와 조명등이 어우러져 멋진 장면을 연출하고 있어서, 여기서라면 누구라도 책을 읽고 싶어질 듯하다.

예전에는 큰 서점에 가서 책을 둘러보다가 표지나 제목이 마음에 들면 꺼내서 읽어보거나 사곤 했는데, 요즘은 검색을 통해서 책을 알게 되고 온라인으로 구입하는 경우가 많다. 어느 쪽이 좋다고 말할 수는 없지만, 도서관에서 책을 우연히 만나는 것도 좋은 경험이 될 것 같다. 미술 관련 책들은 특히 표지가 예쁜데, 서가에 책 표지가 보이게 진열해 놓아서 더 좋았다.

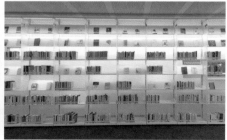

1층에 데이비드 호크니의 《비거 북》이 있다. 2층 일반열람실의 서가가 마치 데미안 허스트의 약장 작품 같다.

사진 왼쪽부터 〈막시밀리안 1세〉, 〈세로 홈 장식 갑옷〉, 안 브뤼헐의 〈꽃다발을 꽂은 파란 꽃병〉이다.

우리를 맞는다. 왕관이나 의상을 보면 전형적인 포커의 킹 카드가 연상된다. 그 뒤로 카를 5세가 있고 펠리페 2세를 거쳐 펠리페 4세 초상화가 나온다. 그는 정 치적으로 크게 유능하지는 않았지만, 예술을 사랑하였고 많은 작품을 수집해서 지금 스페인의 프라도 미술관 컬렉션에 큰 기여를 했다. 또한 벨라스케스를 궁 정화가로 고용하여 수많은 명작을 남겼다.

17세기 스페인 바로크를 대표하는 화가 벨라스케스(Velázquez)는 문제적 명 작 〈시녀들〉이라는 그림을 남겼는데, 그 그림 가운데에 있는 공주를 따로 그린 그림이 〈흰옷을 입은 마르가리타 테레사 공주〉이고 이번 전시에서 가장 중요한 작품이다. 귀엽고 건강해 보이는 공주도 커가면서 유전병 증상이 나타났고 21살 에 요절하고 만다.

마리아 테레지아의 카리스마 있는 초상화도 있다. 그녀는 16명의 자녀를 두 었고, 그중 막내딸이 마리 앙투아네트였는데, 이번에 그녀의 초상화가 왔다. 그 그림은 여성 궁정화가 엘리자베스 비제 드 브룅의 작품이다. 마지막 방에 가면 프란츠 요제프 1세의 초상화가 있다. 그가 바로 조선과 수교 당시 황제였고, 세 르비아를 침공하여 1차 세계 대전을 촉발시킨 장본인이었다.

초상화 말고 다른 작품도 많이 있었는데, 거장 루벤스의 작품도 2점이 왔다. 분위기 있는 브라운 색을 잘 쓴, 반 다이크(Van Dyck)가 그린 초상화도 있다. 당시 반 다이크가 쓴 브라운 색이 큰 인기를 끌어서 지금 우리의 수채화 팔레트에 거의 필수적으로 들어 있는 반 다이크 브라운의 기원이 된다. 네덜란드 풍속화가 피테르 브뤼헐(Pieter Bruegel)의 아들 얀 브뤼헐의 꽃그림 정물화 등이 있는 정물화 방도 있다.

왕가의 수집품 중 중세 기사의 갑옷을 4점 가져왔는데, 정교하고 멋있다. 이정도로 정교한, 예술품 수준의 갑옷은 보기 힘든데, 이 갑옷들은 당시 기술과 예술의 정점을 보여주는 것 같다. 스타워즈의 스톰 트루퍼나 아이언맨이 중세 갑옷 전통 위에 있다는 생각이 들었다.

사진 왼쪽부터 〈흰 옷을 입은 마르가리타 테레사 공주〉, 〈마리 앙투아네트〉, 룰란트 사베리의 〈벌목꾼이 있는 산 풍경〉이다.

전시장을 가득 매운 흥미로운 그림들

이번 전시는 〈합스부르크 600년, 매혹의 걸작들〉이라는 타이틀에서 볼 수 있듯이 합스부르크 왕가의 역사가 주요 테마이고, 따라서 왕가의 초상화가 가장 중요한 전시물이다. 심지어 가문의 가계도까지 친절하게 만들어 이해를 돕고 있다. 그러나 그 밖의 전시물은 다소 아쉬웠다. 특히 빈 미술사 박물관은 피테르 브뤼헐의 작품 소장으로 유명한데, 이번 전시에는 한 점도 포함되지 않았다.

전시장 바닥에 전부 카펫을 깔아놔서 조용하고 편안하게 감상할 수 있었던

〈합스부르크 600년 : 매혹의 걸작들〉을 보고 그렸다. 왼쪽부터 〈세로 홈 장식 갑옷〉, 〈흰 옷을 입은 마르가리타 테레사 공주〉, 〈마리 앙투아네트〉 그리고 〈벌목꾼이 있는산 풍경〉이다. 색연필로 관람객을 표현했다.

반면, 그림을 설명하는 캡션이 너무 작고 어두워서 잘 보이질 않았다.

관람객이 너무 많아서 그림을 그리기가 쉽지 않을 것 같았지만, 그래도 마리 앙투와네트 초상화 앞의 소파에 앉아서 저널 북과 만년필을 조심스레 꺼냈다. 하지만 안내원이 와서 "여기서는 펜을 사용할 수가 없다."고 한다.

어쩔 수 없이 근처 카페에 가서 가장 인상적인 장면을 그렸다. 내가 갔던 유럽의 어느 미술관에서도 그림을 그리지 못하게 하는 곳은 없었다. 물론 많은 관객이 몰리는 전시라 이해는 가지만, 아쉽기는 하다.

저널 북에 〈마리 앙투아네트〉와 〈흰 옷을 입은 마르가리타 테레사 공주〉의 초상화 그리고, 갑옷 중에 가장 인상 깊었던 〈세로 홈 장식 갑옷〉을 그렸다. 룰란트 사베리(Roeland Savery)의 〈벌목꾼이 있는 산 풍경〉이 너무 재미있어서 보면서 한참 웃었는데, 그중 벌목꾼 부분을 그렸다. 색연필로 관람객들 실루엣을 그려서 많은 관람객이 있다는 것도 표현했다. (2022. 11. 28.)

이 건물에서
동래학춤이 보이시나요?

프랭크 게리의 루이 비통 메종 서울

스페인 북부 도시 빌바오는 과거 철강과 조선 산업 중심지로 한 때 스페인에서 가장 부유했던 항구 도시였다. 그런데 철강, 조선업이 몰락하고 환경오염까지 겹쳐 도시의 활력이 현격히 떨어지고 있었다.

도시 재생에 착수한 빌바오시는 유명한 미술관을 유치하기로 하여 1997년 구겐하임 빌바오 미술관이 탄생한다. 이를 계기로 빌바오시는 쇠락해가는 산업 도시에서 관광, 문화도시로 완전하게 변신하였다. 인구 40만 도시에 연간 100만 명이 넘는 관광객이 몰리면서 옛 영광과 명성을 되찾았다. 이후 '한 도시의 세계적 건축물이 도시 경쟁력을 높이는 효과'를 나타내는 말로 '빌바오 효과'라는 말이 사용된다.

그 미술관을 설계한 사람이 바로 프랭크 게리(Frank Gehry)다. 그는 1929년에 캐나다에서 태어나서 미국에서 활동한, 이 시대의 중요한 건축가 중 한 명이다. 1989년 건축계의 노벨상으로 불리는 프리츠커상을 받았으며, 수직과 수평이 엄격하게 지배하는 건축의 세계에서 기본 원칙을 벗어난 듯한 유려한 곡선의 건물로 유명하다.

프랭크 게리의 춤추는 건축

예전에 업무차 체코의 즐린에 간 적이 있다. 즐린은 신발 산업으로 유명한 체코

Frank Gehry가 설계한
ESPACE LOUIS VUITTON SEOUL
o andy

루이 비통 메종 서울. 학처럼 날아오르는 듯한 모습을 최대한 리드미컬하게, 춤추듯 그렸다.

'나비족'을 그려보았습니다

'용아맥'에서 본 〈아바타 : 물의 길〉

며칠 전부터 들뜬 마음으로 지냈는데, 크리스마스나 연말이 다가오기 때문은 아니다. 그 이유는 바로 〈아바타 : 물의 길〉 예매에 성공했기 때문이다. 우리나라에서 최초로 개봉한 〈아바타 : 물의 길〉은 예매 전쟁이 치열했다. 예매 사이트가 불시에 열리기 때문에, 수시로 체크했다가 사이트가 열리자마자 득달같이 예매를 해야 한다. 영화의 신이 도우신 듯 25일 '용아맥 - 중블' 예약에 성공했다.

'용아맥'은 용산 CGV 아이맥스 상영관을 말한다. 보통 아이맥스 상영관이 200석 남짓이고, 큰 곳이래야 3~400석인데 용산 아이맥스 영화관은 624석이다. 보통 상영관은 가운데 통로가 있고 왼쪽 블록과 오른쪽 블록으로 나뉘어 있는데, 용아맥은 세 블록으로 나뉘어 있고, 그중 가운데 블록을 '중블'이라 한다.

〈아바타〉 관객이 빨리 늘어나는 비결

내가 용산에 간 날은 크리스마스라서 그런지 관객이 엄청나게 많았다. 하긴, 요즘 영화관은 코로나 시국의 손해를 만회라도 하듯 한밤중인 오전 2시에 상영을 시작하는 등 상영관을 풀가동하고 있다. 〈아바타〉가 상영시간이 3시간이 넘는데도 빠르게 관객 수가 늘어나는 비밀이 거기에 있다.

〈아바타〉 1편과 비슷한 이야기 구조로 만들어진 영화로 〈늑대와 춤을(1991)〉 이라는 영화가 있다. 케빈 코스트너가 주연과 감독을 맡았으며, 그 해 아카데미에서 작품상과 감독상 등 6개 부문을 수상했고 흥행에서도 엄청난 성공을 거둔 영화다.

〈아바타 : 물의 길〉 포스터를 그렸다. 흔히 인물 그리기가 가장 어렵다고 하는데, 나비족도 마찬가지다.

미국의 남북 전쟁 당시 우연히 전쟁 영웅이 된 존 던바 중위는 서부 국경지대에 있는 요새에 부임한다. 그는 혼자서 요새를 지키며 평화로운 일상을 보내던 중 수우족 여인과 사랑에 빠지게 되고, 이후 백인의 삶을 버리고 수우족의 전사가 된다. 그러나 백인 군대가 인디언 부족 정벌에 나서고 던바 자신이 군부대의 표적이 된 사실을 알고 인디언 여인과 함께 부족을 떠난다는 이야기다.

이 영화는 '수정주의 서부극'의 대표적 작품이다. 서부극은 1930년대부터 1950년대까지 미국 영화 산업에 근간을 이루었고, 영화 문법을 만드는 가장 기본적인 장르였다. 백인, 기독교, 문명 세력과 야만적인 유색인종이 대립하는 구도로, 선과 악의 명백한 대립 구조 위에 서 있다. 이런 구도를 비판하는 영화를 '수정주의 서부극'이라 하는데, 선과 악의 구별이 모호하거나 아니면 선과 악의 역할이 뒤바뀐 경우를 말한다.

〈아바타〉 1편의 이야기 구조는 〈늑대와 춤을〉과 굉장히 비슷하며, 수정주의 서부극을 계승하고 있다. 미 해병대 제이크는 지구인의 운명을 버리고 '나비족'의 일원이 된다. 나비족의 복장, 철학, 전투 방식 모두 아메리카 원주민과 매우 유사하다.

단 지구인들의 전투는 베트남전에서 가져왔다. 전장은 정글이고, 지구인들은 헬기를 띄워서 적진 한가운데 병력을 침투시키는 방식을 사용한다. 월남전에서 미군의 모습을 연상시킨다.

〈아바타 : 물의 길〉에서 가족을 이룬 제이크와 네이티리는 〈늑대와 춤을〉에서 던바 중령이 부족을 떠났듯이 숲 부족을 떠나서 물 부족 마을로 간다. 물 부족은 뉴질랜드 원주민 마오리족을 연상시킨다. 특히 물 부족의 문신은 마오리족의 문신과 문양까지 비슷하다. 북아메리카의 수우족이 남태평양의 마오리족 마을로 피신온 것이다. 제이크는 물 부족과 힘을 합쳐 지구인의 침략을 격퇴한다.

정글은 게릴라전을 하기 좋은 곳이다. 실제로 무기와 장비가 빈약한 베트남 군이 세계 최강 미국을 이긴 곳도 정글이었으니까. 하지만 사방이 탁 트인 바다에서 원시 부족이 기계화된 무기를 앞세운 지구인과 싸워 이긴다는 설정은 설득력이 약하긴 하다.

〈아바타〉는 '체험하는 영화'

이 영화에 대한 평가는 대체로 나눠지는
데 스토리가 상투적이고 설득력이 약한
것이 감점 요인이다. 반대로 호평도 많은
데 신기한 해양 생물과 특수효과, 전투의
몰입감에는 좋은 점수를 줄 수밖에 없다.
또한 환경보호 등 주제의식에도 후한 점
수를 줘야 한다. 그러나 "〈아바타〉는 관람
하는 영화가 아니고 체험하는 영화다."라
는 평가가 이 영화를 한마디로 표현하는
것이 아닐까.

〈아바타 : 물의 길〉 상영관 전경

　올해 코로나가 끝나면서 영화관이 오랜 잠에서 깨어났다. 올해 영화를 되돌
아보니, 단연 최고는 박찬욱 감독의 〈헤어질 결심〉이었다. 올해 영화 중에 최고
의 흥행 영화, 즉 가장 재미있었던 영화는 톰 크루즈가 나오는 〈탑건 : 매버릭〉
이었다. 영화 보는 내내 즐거웠다.

　반면에 가장 저평가된 영화로는 〈씽2게더〉를 들 수 있다. 너무나 기발하고 재
미있게 만들어졌는데도 애니메이션이라 많은 관객이 찾지 않은 것 같다. 〈아바
타 : 물의 길〉로 올해 나의 영화 덕후 생활을 마감한다. 하지만 벌써 내년에 상
영할 영화를 검색하고 있다. (2022. 12. 28.)